JN112553

この世あそび

紅茶一杯ぶんの言葉

徳井いつこ

平凡社

前田昌良「ちいさな旅人／アマリリスの花」

この世あそび

目次

第一章　＊　お茶をいかが？

第二章　＊　風を食べる

第三章 ＊ この世あそび

第四章 ＊ 世界が答える

第五章 ＊ 君は待っている

この世あそび

第一章 ＊ お茶をいかが？

湯気からはじまる

長いこと茶柱を見ていない、と思ったら、いつのまにか紅茶党になってしまい、煎茶を入れる機会がすっかり減っていたのだった。

すっくと立った茶柱を、ひといきに飲み干す。あれは子ども心にも、わくわくする体験だった。

まだ知らない、なにかいいことが、あたたかい湯気といっしょに立ち昇ってくる。

予感に満ちた、ほのかな香り。そして、放心。

からっぽの器のようになった心に、なにかが招き入れられる――。

「ティーリーフ・リーディング」というのも、一杯のお茶の身体感覚から生まれてきたものだろう。

『ハリー・ポッターとアズカバンの囚人』のなかに、茶葉占いのシーンがあった。

どこかの屋根裏部屋と昔風の紅茶専門店を掛けあわせたような教室で、巨大な紅茶のポットを前に、占い学教授のトレローニー先生は語る。

「最後に滓(おり)が残るところまでお飲みなさい。左手でカップを持ち、滓をカップの内側に沿って三度回しましょう。それからカップを受け皿の上に伏せてください。最後の一滴が切れるのを待ってご自分のカップを相手に渡し、読んでもらいます」

「左手」や「三度」といった、昔話にも通じるキーワード。一定の手順を、ゆっくり丁寧に踏みながら「読む」ことに近づいてゆく。

カップに張りついている茶葉の抽象的な模様を誰かに見てもらうもよし、自分で読むのもよし。

なにが見える？　なにに見える？　心を広げ、ひらめいたものを素直に採用する。それは、どんなメッセージを語っているだろう？

十九世紀イギリスで流行したという茶葉占い。じっさいに試してみると、なかなかむずかしい。

茶こしを使わず、白いカップに直接注いで、あらかた飲み干し、茶葉が動く程度のわずかな紅茶が残っているところで、「左手」「三度」をやった後ひっくり返すのだが、茶葉が大きすぎても小さすぎてもうまくいかない。

大きすぎると茶葉がポットからカップに出てくれないし、小さすぎると文字どおり“storm in a teacup（カップのなかの嵐）”になってしまう。

アメリカのロサンゼルスに住んでいたころ、クルド系、アルメニア系、レバノン系といった中東にルーツをもつ友だちがたくさんいた。

どんな気まぐれからか、ときどき珈琲占いをやってくれることがあった。イラン人街のカフェで、自宅の小さなキッチンで、庭のピクニックテーブルで。

トルココーヒー、アルメニアンコーヒー……。呼び名はさまざまだが、ほうろう製や銅製の小鍋に、深煎り豆を特別細かく挽いたものを半量の砂糖といっしょに入れ、火にかける。

湯気とともに、ふつふつ泡が立ちはじめたところで、泥状の珈琲もろともデミタスカップに注ぐ。後は茶葉占いと同じ。上澄みをすすったところで、お皿に伏せておく。

しばらくして、カップのなかをのぞき込んでいる彼らの神妙な、そして嬉々とした顔!

「〝雄牛の角にとまった一羽の小鳥〟。地上を駆ける物質的な力から、軽やかさ、静けさへの変容……」と詩人の言葉をあふれださせる友だちもいれば、「〝自動車〟が見える。口をつけたところの対面だから……あなた、将来、どっかに行くわね」と、なんとも拍子抜けな託宣を述べる友人もいた。

あれから「たくさんの水が橋の下を流れた」というのに、珈琲占いをしている彼らの顔は、いまもいきいきと目の前にある。

「一杯の珈琲には、四十年の思い出がある」

とは、トルコの古い諺だった。

まさに真実、と思う。

記憶の手紙

〝メッセージ・イン・ア・ボトル〟というのがある。

わたしは拾ったことがないが、海のそばに住んでいる人によると、じっさいに打ちあげられているものらしい。たまにビール瓶に白ペンキで「海流瓶」と書かれているのもあり、中に砂と葉書が入っている。差出人はどこかの水産試験場。海流を知るための調査、というわけだ。記憶のことを考えていて、海流瓶が浮かんできたのは、浜辺に打ちあげられているイメージにどこかしら重なるところがあったのだろうか。

夜、ベッドにもぐりこみ、眠りがやってくるまでの空白の時間。閉じているまぶたの裏で、唐突に〝スライドショー〟が始まることがある。たいていは、旅先で見た景色だ。それもそのとき気にもとめなかったような、なんの変哲もない路地や街角。

脈絡のない、ばらばらの「情景」が、だれかの手で繰られるトランプのように途切れることなく現れ続ける。

似た現象は、パーソナルストレッチを受けているときにも起こることがある。トレーナーが足を回したり腕を引っ張ったりしているあいだ、自分は台の上に寝ころがって身をまかせている。

と、いきなり「情景」が現れる。

音、匂い、湿度、ありありと身体感覚を伴った、いわば記憶のパッケージだが、いつ、どこのことなのかわからない。タグ付けされていない、ぽつんとひとりぼっちの、宙に浮かんでいる情景。

この「わからない」でいる時間は、ほんの数秒のことだろう。

ゆっくりと情報がやってくる。そうだ、あれは雨の日、エディンバラのスターバックス、二階の窓際席、というように。

想起する、思いだすというのとはまた違う、いきなりそこにいる、という感覚は、匂いが媒介になって体験されることがある。

紅茶屋を営んでいた友人は、お客が持ってきたジャスミンの花を瓶に生けたとき、突然、五歳の自分に戻っていたらしい。

いつも通っていた幼稚園の裏口に咲いていた！　その小さな白い花がどんな名前で呼ばれているか、当時は知らなかった。

彼はわざわざ幼稚園時代の先生に連絡をとり、じっさいにジャスミンが植わっていたことを確認したという。

日々、紅茶のテイスティングを通して、並々ならぬ関心と情熱を香りに寄せている人ならではの行動力かもしれない。

脳科学の研究によると、香りは直接、脳の中枢部に働きかけるらしい。思考や言語などの機能を担う表面の大脳皮質ではなく、より古い大脳辺縁系の、最も深奥部にある視床下部や扁桃体にダイレクトに影響を及ぼすという。

いわば長らく日の差していない開かずの部屋を開く、鍵のような役割を、香りは果たしているのだ。


外国暮らしの後、久しぶりに故郷に帰ってきた知人は、電車に揺られながら、言い知れない興奮に戸惑ったことがあるという。

実家のある駅が近づいてくる。いくつかの駅で、電車が停まり、ドアが開く。そのたび流れ込んでくる空気が、どんどん甘く、濃厚になっていく。

それは蜜柑の花の匂いだったが、そのときまで、そのかぐわしさと故郷が結びつくことはなかった。あたり一面、蜜柑畑という場所で育ちながら、匂いを意識したことは一度もなかったらしい。

彼女の動揺は、香りによってひらかれた、故郷で過ごした一刻一刻との再会だったろうか。

彼方から届く、記憶の手紙。

思いがけないぶん、不思議の思いに浸される。

変わらないお店

たまに「生まれた家に住んでいます」と言う人に出会うと、くらっとする。一瞬、無重力圏にすべり込んだような……。

生まれてからこのかたずっと同じ家に寝起きしているというのは、どんな感じがするものだろう?

じぶんの人生は?と勘定してみたら、すでに十五回引っ越していた。じぶんも変わっているが、環境も変わっているので、なにやらごちゃ混ぜになって、とりとめのないことこの上ない。出たとこ勝負の性格も、直感で動く傾向も、あんがいこんなところから身についてしまったものかもしれない。

変わり続ける人生のなかで、「変わらないお店」に入ると、子どものころ好きだった遊びを思いだす。

両手を広げて、体ごとぐるぐる回転する。永久に回るふりをして、不意にぴたっと停止する。と、ふだん感じられないからだが感じられた。手、足、頭と部分で考えているからだではない。ふくらみ、波打ち、上昇する――。それはひとつながりの流体だった。

「変わらないお店」を訪ねると、ひたすらぼんやりする。とりたてて何かを思いだすわけでもない。酩酊感というのか、浮遊感というのか。ただ、じぶんの上をすべっていった時間を感じているのかもしれない。

神戸の岡本にある「珈琲館」は、そういうお店のひとつだ。高架を鳴らして走るチョコレート色の電車を眺めながら、天井川までぶらぶら歩く。川沿いをちょっと下った坂道に、煉瓦に焼板のアーチのある店構えが見えてくる。

同じ名前の大手チェーンとはまるで趣を異にするお店は、創業から四十三年が経過し、少しばかりくたびれ色あせてはいるが、何から何までまったく変わっていない。

暗褐色の木の床、分厚いカウンター、カラヤンの写真、クラシック、そして一杯の素晴らしく美味しい珈琲。この店には、最初から余分なものがなかった。

西日の差しこむ窓際にすわり、木の板に白い文字で書かれたメニューを眺める。

「ういんな珈琲、かふぇおうれ、ぶるうまうんてん、ばらの紅茶、ここあ、もかじゃば、あいすくりいむ、ぐれいぷじゅうす……」

初めて来た十代のころ、「ういんな珈琲」の意味がわからなかった。目玉焼きについてるウインナー?と困惑した。

珈琲といっしょに必ず注文してしまうのは、チーズケーキだ。マダムの手づくりで、味、形、サイズとも昔のまま。四角く切られた弾力性のある白いムースを、ぽろぽろのクラッカーの粉に押しつけながらいただく。

　窓の外を、犬連れの人が歩いてゆく。

　そういえば、イノシシの一家が川岸を走ってゆくのを見たことがあったっけ。山に戻りたそうにちょろちょろきょろきょろしている瓜坊たちが愛らしかった。

　冬の日が傾くのは早い。低く長い光が煉瓦の壁を照らしている。客が隙間に押し込んでいったのだろう、外国の硬貨が輝いている。

　変わり続けてゆく風景、変わり続けてゆく境涯にあって、これ以上分割できない鉱物の結晶みたいに存在すること。それは、ひとつの宣言だ。

　あるいは、と思う。

「生まれた家に住んでいる」人たちもまた、彼らなりのやり方で、何かを宣言しているのかもしれない。たいていがどことなくおっとりしているようで、まっすぐなものを秘めているように感じられるのは、気のせいだろうか。


（初出　二〇二〇年一月九日）

しづごころ

日野草城（そうじょう）という人は、紅茶好きだったにちがいない。

明治生まれにしては珍しく、たくさん句に詠んでいる。

秋の夜や紅茶をくぐる銀の匙
春愁の妻に紅茶をつくらしむ
青東風（あおごち）に紅茶のけむりさらはるゝ
十六夜の紅茶に牛乳を入れしめず
雪の夜の紅茶の色を愛しけり

ひとりで、ふたりで、お茶を飲む。

季節を問わず、沸きたてのお湯と茶葉でつくられた液体が、目の前のカップに注がれる。

飲むだけではない、見つめている。

草城が味わい慈しんでいるのはお茶の時間で、それはいつも、永遠のいまだ。

ある人が、こんな体験を聞かせてくれた。

つらい出来事をきっかけに鬱状態になってしまった。眠れない日々が続き、悶々としていたころ。キッチンに立ち、また今日も夜が明けてしまったと、白みはじめた窓を見ていたとき。胸のなかで「紅茶を入れなさい」という声が聞こえた。

「さあ、お湯を沸かして」

それは、じぶんの声だったのかもしれない。どんな気力も湧かなかったが、やかんに手を伸ばした。まだ眠っている子たちを起こさないよう、そろそろと水を張り、火にかける。ポットに茶葉を入れ、お湯を注ぐ。

マグカップ一杯の紅茶をもって、その人は部屋の暗がりに腰を下ろした。

朝の最初の光がひとすじ、カーテンの隙間から差しこんできた。食卓を横切り、手のなかのカップを照らしている。水蒸気の小さな粒々が暗い水の面(おもて)からゆらめき、立ち昇り、くるくる回りながら精妙なダンスを繰り広げている。

うつむいていると、まつ毛が濡れた。ひとくち飲むと、面の模様がさっと変わった。

そうか。わたしは大丈夫だ。なぜか、くっきりした確信がやってきた。

その人の国には、昔から言いならわされてきた諺がある。

“A cup of tea solves everything.” 一杯の紅茶が、すべてを解決する。

ほんとうにそうなのだ、とその人は言う。

彼女が暮らすロンドンを訪ねたとき、郵便局で面白い葉書を見つけた。赤地に白抜きの文字で“KEEP CALM and CARRY ON”（冷静に、普段の生活を続けましょう）と書かれている。上部には、王冠のシンボル。

第二次世界大戦下、戦局が悪化し、ナチス・ドイツのイギリス本土上陸が噂に上りはじめた時期、国民のパニックを抑えるため政府が大量配布を意図して印刷した宣伝ポスターである。実際に使われたのはごく少数で、国民の目にとまることもないままお蔵入りしていたが、近年アンティークのオークションで再発見され、それを機に一躍有名になったのだった。

赤い葉書の横にもう一枚、色違いが売られていた。こちらには、“KEEP CALM and DRINK TEA”（冷静に、そして紅茶を飲みましょう）の文字。ミルクティーの地色に、王冠模様のカップが描かれている。

パロディとはいえ、冗談とは思えないリアリティー。なにしろ、日に何杯もの紅茶が飲まれ、“You are my cup of tea.”（君は僕の好みだよ）などと囁かれる国だ。

文章に句読点があるように、人の暮らしにお茶がある。

句点があるから、新しい時間が流れはじめるのだ。

おしまいに草城の句を、もう一句。

アネモネやひとりのお茶のしづごころ

ポムと林檎

四字熟語のはためいている通りを歩いてゆく。

年の初めの一月には、地元の小学生たちの書き初めが旗に刷られて街路灯という街路灯に張りだされるのだった。見晴るかすどこまでも、黒々した文字が続いている風景は壮観である。初志貫徹、誠心誠意、有言実行、七転八起、温故知新、一期一会……。太いのや細いの、丸いのや四角いの、文字はいろいろだが、言葉はどれも折り目正しい。

なるほどね、と思いながら、ふと足が止まる。頭の上にはためいているのは、「一水四見」の文字。

はて、どんな意味だっけ？　同じ水も、見方によっては云々……？　そうして眺めてみると、禅の言葉が目につく。

明鏡止水、雨洗風磨、光陰流転、一獲千金？　えっ、一刻じゃなく？　笑ってしまう。それにしても、むずかしそうな文字ばかり。

駅のロータリーを、横道に折れる。人通りのまばらな路地にも、ひとつふたつ書き初めがはためいていた。

「ポムと林檎」

目をこすった。

素直な筆運びが、最後の文字で難渋した様子がうかがえる。ポムはフランス語で林檎。すなわち同語反復。

にもかかわらず、心にしみてくる。

何かを伝達したりしない言葉の自由、清々しさ。

「ポムとリンゴ」

口のなかで呟くと、どういうわけか兄弟の名前のように思われてきた。

むかしむかし森のはずれの小さなお家にポムとリンゴが暮らしていました。ふたりがなにより好きなのは――。

白い息を吐きながら歩いているうち、むしょうに温かいものが飲みたくなった。

そうだ、あのお店に行こう。

「林檎のスープ」を飲もう。

メニューにはないのに、この季節だけは、注文すれば出てくるのだった。

重い扉を押すと、チリンと鈴の音が鳴った。薄暗い店内に挽きたての珈琲の香りが漂っている。カウンターを過ぎ、空いている椅子に腰を下ろした。

年老いた女主人がメニューと水を運んできてくれる。

「林檎のスープをひとつ」

黙ってうなずき、そろそろと摺り足で去ってゆく。
時間がかかるのは織り込み済みだ。鞄から本をだし、日記帳を載せてぼんやりする。見るともなしに見えている風景、聞くともなしに聞こえてくる話し声……。内側の世界と外側の世界がいつのまにか織り合わされ、溶け合い、どこでもない場所のいつでもない時間になる。

白いカップが運ばれてきた。

しゅわしゅわふくらんだクリーム色。シナモンのかかった泡をスプーンでかきまわすと、星雲になる。湯気に鼻を湿らせ、あつあつを口に運ぶ。

いつか主がおしえてくれた話では、林檎の絞り汁に、変色止めのレモン汁と塩を少々。蜂蜜をほんの少し垂らして、鍋の中でことこと温めながらかき混ぜる。

バターも砂糖も入っていないのに、アップルパイをたいらげたみたいな満足感が味わえるのだった。

両手のなかにカップの温もりを感じながら、わたしはまだ、「ポムとリンゴ」のことを考えている。

（初出　二〇一九年一月十日）

耳のしずく

なんとなく耳に入ってくる言葉がある。見知らぬ人々の会話だったり、ふと響いてくる歌の歌詞だったり。聞く気はないのに、勝手に流れ込んできて、たいていはそのまま流れでてゆく。たまにどうした加減か、たゆたい溜まって耳に残る。

英語の“eavesdrop”という言葉は、そういう流体的な動きを連想させるが、英和辞典で引くと「立ち聞き、盗み聞き」と書かれている。うーん、そうじゃなく……。意図せずして聞こえてくるものを表す言葉はないものだろうか？

いつかカフェの窓際の席でサンドイッチをつまんでいると、横のテーブルでおばあさんがパスタを食べていた。ジェノベーゼである。この店のパスタはゆうに二人前あり、大男でも食べきるのに苦労しているのを知っているわたしは、ぺろりとたいらげてしまった老女に驚いた。おばあさんは「よっこらしょ」と声をだして、ぼさぼさの白髪頭を揺らせながら立ちあがり、近づいてきたウェイトレスに手をあげた。

「あのね、あの緑色は何？」

見るからに新入りという感じのアルバイトの女の子は言った。

「パセリです」

「え?」

「パセリ」

「なに?」

「パセリ。パセリ。パセリ」

ぽかんとしている。

「パセリを松の実とミキサーで混ぜるんです」

女の子はエプロンのポケットからボールペンを取りだし、「書きましょうか?」と言った。そしてじっさいにテーブルの上のナプキンに書いた。

紙きれを渡された老女は叫んだ。

「パセリなの!?」

「はい」

そのまま一言もなくふらふらと階段を下りていくおばあさんと、水の入ったコップを片づけている女の子を見くらべ、わたしは飲みかけた紅茶のカップを戻しながら、笑いをこらえるのに苦労した。ほんとは口をはさみたかったのだった。

バジルなのでは? けれど、言えるはずもなく、「パセリ」の連呼が耳に残ってしまった。

思い返してみると、女の子の間違いではなかったかもしれない。フレッシュなバジルは値が張るので、この店では緑色を捻出すべく大量のパセリを使っているのかもしれない。

またべつのとき。

次の駅で電車を降りるというころになって、隣りで吊り革につかまっている男たちふたりの会話が耳に入ってきた。

「おまえ、じぶんが何歳って気がする？」

「おれ？　四十六歳だけど？」

「ほんとに歳のとおりに感じるのか？」

「うーん」

相手は黙ってしまった。

わたしはからだをずらすふりをして、ちらっと隣りを眺めた。ワイシャツにノーネクタイ。ひとりは大きなショルダーバッグをかけている。

「三十八歳。……いや、三十六歳かな」

「おれは二十六歳」

訊いたほうの男がきっぱり言った。

「え、なんだよ、それ〜」

ふたりして吹きだしている気配を後にして、ドアのほうに移動した。そのまま聞き続けたかったが、仕方がない。

人混みとともに吐きだされ、階段を下りてゆきながら、いましがたの声がこだました。

「おまえ、じぶんが何歳って気がする？」

翌朝、夢を見た。

道を歩きながら、隣りのだれかに「わたしは三十八歳」と言っていた。

えっ、そうなんだ！とびっくりして目が覚めた。

立ちのぼるひと

久しぶりに会った友だちと、岩茶（がんちゃ）のお店に入った。

お品書きからお茶の種類を選ぶ。

わたしは「仏手（ぶっしゅ）」、友だちは「鳳凰水仙（ほうおうすいせん）」。ふたりとも知識はないので、名前を見て、あてずっぽうである。

中国の武夷山（ぶいさん）に三十六峰九十九岩の連なりがあり、その岩肌に生える木から摘まれた茶葉だけが「岩茶」と呼ばれるらしい。採れる木によってさまざまな名前がついているが、種からこぼれて育ったものは同じ茶葉と見なされない。挿し木で育ったものでなければならないという。

掌におさまるくらいの小さな急須に、お猪口のような茶碗がふたつ。ほっそりしたのとふっくらしたの。どちらがどのお茶か決めておけば、二種類楽しめて、味や香りが混じることもない。

「仏手」は、なにげなくて深かった。

二煎め、三煎めと杯を重ねるほどに、ますますなにげなく優しく、それでいて変わらぬ深さ、おおらかさにうたれる。まるで、ひとりの「ひと」がそこにいて、言葉をかいさず交流しているような……。

おかしなことに、友だちも「仏手」を飲みながら同じことを感じていたらしい。お茶をひとのように、それも男性のように感じたのは初めてだと言う。

わたしたちは干したマンゴーやイチジクを齧りながら、手のなかの茶碗からホログラムのように立ちのぼっている「彼」について語り合い、うんうんうなずき合った。五煎め、六煎め……。彼はいよいよはかなく幽かな気配になりつつあった。墨絵のようにたなびき、にじんでいる。

お茶を詠んだ唐の詩に「六碗にて仙霊に通じ、七碗にて、喫(の)み終えないうちに唯両腋(りょうわき)に習々(しゅうしゅう)とした清風が生じてくるのを覚える」というのがあるらしい。

両腋に清風が生じてくる、とは不思議な言葉。

お茶のはたらきの最終段階で「風」があらわれてくるのはおもしろい。それはひとが立ち去る際に残していく匂い、気配のようだ。

「颯爽」や「飄々」といった言葉のなかに風が含まれているのは、目の前にいるときは気づかなかった、立ち去ったあとふと感じられるような何かをあらわしているのかもしれない。

「仏手」は、茶葉が仏の掌ように大きいところから名づけられたという。

飲みすすむうち大きい掌のなかでころころころがされている気分になっていたのか、ちょこまかした急須や茶碗を触っているうち幼心(おさなごころ)が湧いてきたのか、友だちはこんな話をはじめた。

年を重ねるにつれて、小さいものが好きになってきたという。どうしてかはわからない。気がつくと小さいものをじっと見ている、集めている。

「なにもなにも、ちひさきものはみなうつくし」という清少納言の心地だろうか。

小さいものを見ていると、そこから大きいもの、遠いものが立ちあがってくるように感じることがある。

友だちが、空っぽのお碗をもちあげ、ひょいと目にあてがった。

「ああ、あったかい！」

わたしも真似して、お碗を目の上にすっぽり載せた。

立ちのぼる「ひと」の温もりが、閉じた目蓋の内側にゆっくりひろがっていった。

眠る前に

眠る前にハーブティーを飲む。ジャーマンカモミールに、そのときの気分でブルーマロウを入れた青いお茶、ローズを混ぜたピンクのお茶。今日は、レモンバームとリンデンを加えて月の光みたいなお茶になった。

ベッドの端っこに腰を下ろし、あたたかい一杯をすすりながら、本棚を眺める。ふと岩波文庫の『アンデルセン童話集』が目にとまる。

眠る前に、ちょこっとお話を読む。何をというのではなく、あてずっぽうにひらいた頁に書かれているものを、そのまま目でたどる。


今日のお話は、「ニワトコおばさん」だった。

男の子が風邪をひく。お母さんはポットにたっぷりニワトコのお茶をつくる。家の一番上の階に一人ぼっちで住んでいるおじいさんがやってくる。男の子はお話をねだる。

「お母さんが言っていますよ、おじさんには、見たものがなんでもお伽噺になって、手でさわったものがなんでもお話の種になるんですって」

おじいさんの返事がふるっていた。

「そのとおり！　でも、そういうお伽噺やお話はなんの役にも立たないよ。どうしてどうして、ほんとうのお話というものはね、ひとりでにやって来るんだよ。そして、わしのひたいをこつこつとたたいて、はいまいりました！　と言うんじゃ」

「もうじき、たたきに来る？」と男の子は尋ねる。

物語のなかのお母さん同様、わたしも笑ってしまう。そうそう、子どもは、お話を聞きたくてうずうずしているのだった。

「お話して！　お話して！」

男の子がねだると、おじいさんは答える。

「よしよし！　お話がひとりでにやって来たらね。でも、お話のやつ、なかなか、もったいぶっていて、気が向いた時だけやってくる——しっ！」

その時、おじいさんは急にこう言った。

「来たようじゃ！　ほら静かに！　そら土瓶の上じゃ！」

なんとお話は、土瓶の蓋を持ち上げ、土瓶の口から四方八方に枝を広げて、きれいな花を咲かせているのだった。それはニワトコで、木の真ん中には、妙な着物を着た一人のやさしいおばあさんが座っていた。このおばあさんは、別名「ニワトコおばさん」と呼ばれるドリアーデ（木の精）だった。

おばあさんはひとしきり不思議な話を聞かせると、にわかに女の子に姿を変え、男の子のからだを抱いてデンマークじゅうの空を飛びまわる。女の子は歌い続け、ニワトコの花は甘い香りをはなち、季節は春から夏へ、秋から冬へめぐり、何千という光景が男の子の眼と心に映った――。

わたしはマグカップを両の掌で包んで、ふーっとため息をつく。

土瓶から木に、ニワトコおばさんから女の子に、おしまい一杯のお茶になって男の子をぐっすり眠らせ、元気にしてしまう。この物語のほんとうの主人公は「お話の力」だった。お話はメディスン（薬）で、どんなものからでもお話を取りだしてしまうおじいさんは、さしずめメディスンマン（呪師）だった。

眠る前に、子どもがお話を聞きたがるのは、お話の魔法を知っているからにちがいない。心の小さな擦り傷や打撲に目覚ましい力を発揮してくれるのだから。

アンデルセンの物語「ニワトコおばさん」のなかで、お母さんがつくったニワトコのお茶は、別名エルダーフラワーのハーブティーだ。乾燥させた白い小さなお花は、発汗を促し、体内のクレンジング効果があるという。呼吸器の炎症を鎮め、風邪のひきはじめや花粉症に効きめがあるらしい。

鼻がぐずぐずしたら、飲んでみようか。

第二章 ＊ 風を食べる

一本の薔薇が

その店は、いつ通りかかっても、どのテーブルにも一本の薔薇が生けられていた。ある日は黄色、ある日はピンク。見るからに切りたてという、みずみずしい花びら。ロンドンの埃っぽい車道に面した小さなイタリアン・カフェ。黒板にチョークでその日のメニューが書かれている。ペッパーステーキ、ラザニア、キッシュ……。

ある夕方、ドアを押して入ってみた。くたびれた外観と裏腹に、店内はこざっぱりして活気があった。いつも混んでいる理由がすぐ合点された。どれも安価で、もれなく山盛りの新鮮なサラダがついてくる。

一番奥のテーブルで、髭面の男がパスタを食べていた。その人が店主とわかったのは、長身にエプロンをつけ、厨房で働きはじめたからだ。イタリア系には見えないな、ギリシャ人かなと思いめぐらしていると、向こうから声をかけてきた。

「六十四年というもの、この肉体という鞄で旅しています」と言う。

「人生はワン・ウェイ・チケットです」

たしかに、と笑ってしまう。詩人なのだ。

彼はキプロス島出身のトルコ人であるらしい。

「何を教えているのですか？」と、唐突に尋ねられた。

「何も教えていません。書くことが仕事です」

そう答えると、髭面は不思議そうな顔をした。

可笑しくなって、ふと訊いてみたくなった。

「あなたはスーフィー？」

一瞬の沈黙。そして返ってきたのは、「オーバー・スーフィー」という答えだった。

あてずっぽうに投げた球だったが、あるいは図星だったのかもしれない。


スーフィーはイスラムの神秘主義者だ。イスラム教が背景にあるものの、一宗派というわけではない。どんな教義も礼拝堂ももたず、世界に散らばっている修道場を交流の場とし、旅することを断食や瞑想と同じように大切な修行としている人々だった。

カイロ、ダマスカス、バスラ、イスファファン、ブハラ、ニューデリー……。手荷物といえば、羊毛（スーフ）の粗衣をまとった自分の肉体をひとつきり。

彼らが古くから語り継いできた小話や詩は、ユーモアと愛に満ちていて、すてきな味わいだった。この世界のあらゆるところ、人の心のなかにも聖性を見る汎神論的な考えが、アニミズムに親しんでいる日本人にしっくりくるのかもしれない。

わたしが最初に出会ったスーフィーは、クルド系イラン人である友だちのお母さんだった。

ロサンゼルスの夏。その友人とお母さんの三人でお茶を飲みに出かけた。外から見ると花屋を兼ねたギフトショップだが、裏手の庭がカフェになっている。

折しも〝ベイビーシャワー〟が開かれていて、はなやかな笑い声がこぼれていた。妊婦の親族や友人が集まり、もうすぐ生まれてくる赤ちゃんを祝福するパーティーだ。

お母さんは紅茶を飲みながら後ろを見やり、「おめでとうを言いたいなあ」とため息をついた。何度めかのため息で、とうとう娘である友人に命じて花屋から薔薇を一本買ってこさせた。

立ち上がったお母さんは、なぜかわたしの目を見て「スーフィー?」と言う。当然いっしょに行かなくちゃ、という仕草である。

お母さんは薔薇の花を手に、祝いの人々に声をかけた。静まり返った顔、顔……。狐につままれた、とはこのことだ。

お母さんは、ぽっちゃりした体を揺らし「ハッピーバースデー」を歌った。そして妊婦の大きなお腹を指差して「ボーイ」と宣言した。見知らぬ老女から祝福と託宣を受けとった人々の驚き、喜びようときたら!

譬(たと)え好きのスーフィーは、この世の神秘、至福をさまざまなシンボルに譬える。月、美酒、真珠……。それから薔薇。

あのときの花は、真紅だった。

いま、この食卓に彩りを添えている花も同じ色だ。遠く厨房で働く髭面を眺めながら、彼が口にした譬えを思い返していた。

街角のお菓子

十二月になると、ロンドンの街角にミンスパイが並ぶ。ベーカリーやデリ、グロッサリーのショーウインドーに、丸い小さなパイが積みあげられている。てっぺんに星があしらわれたの、十字の切り込みが入っているの、いろいろあるが、圧倒的な個数は同じ。たいていは一ダース入りの箱も売られている。

ロンドンに暮らした冬のあいだ、白い息を吐きながらプリムローズヒルを越え、リージェンツパークを縦断し、ハイドパークまで歩いてゆくのが楽しみだった。

「きみの散歩、常軌を逸してるね」という夫の揶揄も聞き流し、気がつくと七、八キロは歩いている。

葉を落とした木立の美しさ、落ち葉におおわれた地上の鮮やかさ。駆けてゆく犬たち、子どもたち。それから、ふとよぎる路地の香り、ショーウインドーの飾りつけ。ときどきは店に入り、熱い紅茶とスイーツを買った。

「メルローズ&モーガン」のミンスパイは、至福の味だった。カレンツ、クランベリー、林檎やナッツがぎっしり詰まり、かぐわしいスパイスが利いている。この小さなお菓子なら毎日でも食べたいと思ったものだ。

イギリスのクリスマスにミンスパイは欠かせない。十二月二十五日から一月六日の十二夜まで、毎日ひとつずつ、計十二個食べると、新しい年に幸運がもたらされると信じられているという。年の数だけ福豆を食べる日本の節分を思いださせて微笑ましい。

街角で見つけるお菓子は、幸せの空気に彩られている。そんな気がするのは、出合いの喜びを与えてくれるからだろうか。こちらは歩きくたびれていたり、こごえていたり……。それに、外気や喧騒、風景とともにいただくせいもあるだろう。

旅先の、見知らぬ通りで食べた味は、とりわけ懐かしい。リヨンの河畔で新聞紙にくるんでもらったあつあつのマロン・ショー（焼き栗）、メキシコシティーのソカロで売り子が捧げ持つ銀のお盆の上でふるふる揺られていたフラン（プリン）……。

リスボンの石畳を歩きながらほおばったパステル・デ・ナタは最上の贈りものだった。口のなかに入れたとたん、さくっ、とろりと崩れる、焦げ目のついたエッグタルト。

フィレンツェのボンボローネは、忘れがたい。

雨のなか半日歩きまわってすっかり疲弊し、ウフィツィ美術館の予約時間に滑り込んだときは一枚の絵も見られないほど電池切れになっていた。まずはカフェだと思いきや、尋ねると、コの字形の巨大な建物のどん詰まりにあり、一キロは歩くことになるという。

しかし、歩いた。ボンボローネと熱い紅茶をひたすら夢見て。たどり着いたカフェのショーケースにたった一個残っているまん丸を見つけたときの嬉しさときたら！　卵の味がしっかりするたっぷり詰まったカスタードクリームに癒された。

このお菓子を思い起こすと、なぜかポーランドのクラクフでの情景が浮かんでくる。

夜の旧市街。光の落ちている路上に人垣ができていた。ウインドーに張りついているのはイタリア人の若者たちで、目の前で次々揚げられていく丸いドーナッツに顔を見合わせ、「ボンボローネ！」とため息をもらしているのだった。

マンマのおやつを待っている子どもじみた顔、顔に、通り過ぎながら、思わず笑ってしまった。

緑の想い

「どうぞ、触れてみてください」

優しい声に促され、おずおずと触れてみたのは冷たいブロンズで、それは若い男の顔だった。散歩の途中、小さな路地を曲がり、気持ちよさそうな緑陰を広げている巨木に見とれ、その奥の白い家の佇まいと「キーツ・ハウス」の文字に惹かれて、ふらふら入ってきたのだった。なんの予備知識も心がまえもなく、いきなりデスマスクに触っている。ジョン・キーツ。詩人。二十五歳の死顔であるという。

ロンドン北部の住宅街、ハムステッドの一角。彼がこの家に暮らしていたのは二世紀前。隣家の娘ファニー・ブローンと恋に落ちてから、結核の転地療養のためローマに旅立つまでの二年間であるらしい。

夏のそよ風より穏やかなものはなに？
咲いた花にほんの一瞬とまって、また
木陰から木陰へ楽しそうに飛んでいく
可愛い蜂鳥より心安らぐものはなに？

緑の島の誰も知らない所に咲いている
麝香薔薇より静かなものはなに?
青葉茂る谷間より健康なものはなに?
夜鳴鶯の巣より人目につかないものは?

詩人のことばは、見えないものに向かってはなたれる。限りない緑の陰影、階調のなかにゆらめいている、遠く、懐かしいもの。
日本でも知られている詩「夜鳴鶯（ナイチンゲール）に寄せるオード」も、この庭の木の下でつくられたという。キーツ・ハウスですれちがう人々の胸には詩の一節一節が鳴っているのだろうか。みな床の軋（きし）む音も厭（いと）うように歩きまわり、庭に置かれたベンチにもたれ、ひっそり座っていたりした。まるで巡礼地? 庭の小道をたどっているわたしも巡礼のひとりに見えていたかもしれない。緑の木陰は、キーツの尽きせぬ源泉だった。

あるニンフは従順な鳩に、休んでいる僕に
そっと涼しい風を送る上手なやり方を教える。
別のニンフは敏捷な足許に身を屈め、
頭の周りで緑のローブを漂うように整えると、
花々や木々に微笑みかけながら、

様々な動きで軽快に踊り続けるだろう。
また別のニンフは巴旦杏（アーモンド）の花々や
香り豊かな肉桂（シナモン）の木立ちへ僕を誘い入れる。
僕らはやがて緑の木陰に憩う。
真珠の貝殻の奥のほうで
うずくまる二つの宝石のように。

緑の木陰には、恍惚がある。目の前で風に揺られてうなずいている枝々、葉末……。互いが互いの一部であるような、呼応し合う世界。その一隅に小さなじぶんも織り合わされている。「緑陰緑想」という日本語は、もとはキーツより一世紀半以上前を生きたイギリスの詩人アンドルー・マーヴェルによって、詩「庭」のなかで謳われた言葉だった。

「この世のすべてのものは消え／緑の木陰の緑の想いと化していく」

この二行に含まれていた“a green thought in a green shade”という言葉を、むろんキーツは承知していただろう。生や死と呼ばれるものをこえて広がっているもの、それを「緑の想い」と呼ぶこともよしとしただろう。

ローマの外国人墓地に埋葬された彼の墓には、遺言によって、こんな言葉が刻まれているらしい。

「その名を水に書かれし者、ここに眠る」

忘れがたい風

「風光る」は春の季語。

「風薫る」は初夏の季語。

一年の短い季節、風が、主語になる。

ものみな輝いて見える。ものみな香り立つ。それは、風が、光っている、薫っているのだ。

風を主人公と見る人の気持ちは、そのままこの世界への感謝であり、言祝(ことほぎ)だろう。

風の記憶は、不思議に特定の時間と場所に結びついているようだ。

なにということはないが、忘れがたい風がある。


風の領土といえば、どの国でも陸地の端っこで、あれはイギリスの西端あたり、ペンザンスという街だった。

大正時代、陶芸家の濱田庄司とバーナード・リーチがともに暮らし、スリップウエア（色の違う化粧土で模様を描いた器）の陶片を見つけて再現に励んだのが半島の突端近くの町セントアイヴスで、そのすぐ南の地方都市である。

ペンザンスは、コーンウォール語で「聖なる岬」という意味であるらしい。路地の先、先にきらきら海が光っていて、下っていく坂道に骨董屋が何軒か。焼きたてのコーニッシュパイを売る店がいい香りを流していた。爆音としか言いようのないものすごい音が響いているのは、どの建物のてっぺんでもセント・ピランの旗がはためいているのだった。

黒地に白の十字。コーンウォール地方のシンボルである。強い風をはらんでのたくり、打ち広がる旗を眺めていると、「忘れるな、思いだせ」と囁かれているような気がしてきた。

「……ここは誇り高きケルトの地。われらはイギリス人ならぬ、コーンウォール人なのだ」

黒い旗、旗が、はたはたとたたみかけてくる。

イギリスのモン・サン・ミシェルと呼ばれるセント・マイケルズ・マウントは、ペンザンスから海沿いの道をバスでしばらく走った場所にあった。

窓いっぱいに広がる海の真ん中に、ぽつんと突きでた乳房のような島影。海面が下がる一日に数時間だけ、徒歩で渡ることができるという。

遠くから見るだけでいいかと思っていたら、運良く干潮が始まったところだった。コンブやワカメがからみついた細い一本道をてくてく歩いていく。

島の真ん中、白い花崗岩のてっぺんには、十二世紀に建てられた城と大天使ミカエルの聖堂があった。風に飛ばされないよう苦労しながら岩場をよじ登り、窪みを見つけて腰を下ろす。

波打つ海の上、全方位に広がる空間を前にして、ずっと行ってみたいと思っていた場所にやって来たという感慨は湧いてこなかった。

風があまりにすさまじく、耳も聞こえず、目も見えない。強風にあおられ、つぎつぎ湧いてくる涙が上へ上へ上がっていくせいで、視界がゆらめき、かき消されてしまうのだ。

頬肉がこすりとられるような痛みをがまんしながら、ひたすら岩にしがみついている。とっくに思考は去り、全身で風の力を感じているだけだった。

それぞれの土地に、それぞれの風。

風との出会いは、間違いなく旅の宝物だ。

銀の縁どり

スコットランドを旅していたとき。

パースに泊まる機会があった。かつては王国の首都だったという古い街の通りから通りへ、ときおりカモメが飛来する空を見あげながらぶらぶら歩いていて、「Silver Linings（シルバー・ライニングス）」という名前の店を見つけた。

石造りの建物の一角。木製の赤い扉に、シンプルな看板がかかっている。ガラス窓には、銀色のピアスやペンダント。

ドアを押して入り、そこにあるものをひととおり眺めたあと、奥に座っていた老婦人におずおず尋ねてみた。

「こちらの店名は……あの、諺からきているのでしょうか？」

英国の古い諺に、“Every cloud has a silver lining.”（すべての雲は、銀の縁どりをもっている）という言葉がある。

彼女は首を傾げた。

「いえ……どうでしょう？　娘が最近開いたお店で、わたしは店番を頼まれているだけなので」

人の良さそうな老婦人が語るジュエリーの説明に相槌をうち、お礼を言って店を出た。ちょっと肩透かし。でも、この言葉を思いだしただけで、拾いものをした気分である。

細い路地をいくつか曲がり、カナル・ストリートを下ってゆくと、突然、視界がひらけた。スコットランドで最長といわれるテイ川だ。夕方の淡い光が水面を輝かせている。教会の尖塔、裁判所、美術館の丸屋根が連なっている。

土手の上に鉄橋が掛かっている。よく見ると、人専用の通路があり、子ども連れやカップル、ジョガーが一列に並んで夕日を眺めているのだった。穴場の展望台といったところ。

鉄橋に上る階段を見つけて、わたしも仲間に加わった。

夕日を眺める。空を眺める。

こんなささやかなことが人の心に効いてくるのはどうしてだろう？

広い空間を眺めていると、それだけで非日常になるのは不思議だった。

“Every cloud has a silver lining.” の諺が戻ってくる。

“lining” には、「縁どり」のほかに「裏地」の意味があるらしい。

すべての雲には、銀の裏地がある。

どんな雨雲、黒雲も、銀色の輝きを携えている。背後には輝かせているそれがある。

轟音とともに、列車が横を走り過ぎた。少年が飛び跳ね、大声で叫んだ。父親らしき男性がひょいと子どもを小脇に抱え、肩の上にすわらせる。

流れてゆく雲は、いつのまにかピンクに輝き、空だけでなく、川面いっぱいに広がっていた。

長く生きてくるなかで、いつのまにか生きることそのものが無意識になる。

過去の繰り返し、習慣を続けているだけで、たいていのことがやり繰りできる。やり繰りばかりしていると、だんだん生きている実感がなくなってくる。

雲のサングラスをかけているみたい？

雲の帽子をかぶっているみたい？

銀の縁どりをもっているのは、空に浮かんでいる雲だけではなかった。

あたまのなかの雲にも、ときにはちらっと目を走らせてみよう。

銀色が見えたら、しめたもの。

夕日の音

島を愛する人々を「イスロマニア」と呼ぶらしい。

ロレンス・ダレルの定義によれば、「じぶんが島にいる、海に囲まれた小さな世界にいると思うだけで、何ともいえない満足感に満たされる」人々。

それでは、岬に惹かれる人々のことを何というのだろう？　海に突きだした陸地の突端に引きつけられる人々は？

地図を広げれば、茶色い領域の端っこ。大陸、列島の模型を手でなぞれば、ごつごつと指に当たるところ。

気がつくと、岬に吸い寄せられている。突端が近づいてくると、わくわくする。いや、血湧き肉躍る。

大袈裟な、と言われても、ほんとうだからしかたがない。なにがどうしてそうなるのか、わからない。

どうやらわたしは「岬フェチ」であるらしい。

鼻や頭、ときどきはつま先、かかとに形容される岬は、人の身体の相似形だろうか？

いつだったか、リスボン行きの飛行機の窓から、ふと目にとまった岬は、髭をたくわえた紳士の横顔だった！　青い海原を背景に、目をこらせばこらすほど、ダイヤのキングみたいな端正な姿が浮かびあがってくる。ゆらゆら遠ざかっていく「彼」が水平線に消えてしまうまで、窓に顔を押しつけていた。

いったいあれは、なんという岬だったのだろう？

ポルトガルには、ユーラシア大陸最西端のロカ岬がある。しかしじっさいに訪ねたロカは、岬らしからぬ茫洋とした形をしていた。

一年があと一日で終わるという金曜日。黄色い花々が群れ咲く草地に、人々が三々五々散らばり、ひとしく目をこらしているのは、大西洋だった。

見晴るかす、ぐるりとカーブしている水平線。海と空、それ以外に何もない。船影もない。この海原をまっすぐ進んでいくと、アソーレス諸島を過ぎ、ニューヨークにたどり着くはずだった。

「ここに地終わり、海始まる」

国民的詩人カモンイスの叙事詩の一文が石碑に刻まれている。その周りに、若者たちの人垣ができていた。ピースサインや変顔で写真を撮り合っている彼らは、夕日までの数時間をここで過ごすのかもしれなかった。

夕日といえば、サントリーニ島の北端、イア岬を思いだす。

「夕日なんて、どこからでも見えるんです。イアは押し合いへし合いですよ。人を見に行くようなものです」

とホテルの人に言われていたのに、隣村に行こうと乗り込んだバスがたまたま「イア岬行き」だったというだけで、終点まで乗ってしまった。

たどり着いてみると、じっさい恐るべき混雑だった。人の重みで岬が沈んでしまうのではないかと思うほど、どの崖の縁も、路上も、店のテラスも、屋根の上まで、人、人、人で埋め尽くされている。

正装で、半裸で、ビールを片手に、恋人の肩に手をまわし、人々がいまかいまかと待ち受けているのは、年三百六十五回、毎日起こっている日没だった。

八月の日曜日。沖には、サンセットクルーズの帆船が何隻か。空には、岬に群がる人々の興奮を写真に捉えようと無粋なヘリコプターが飛びまわっている。

人々が固唾を飲んで見守るなか、イアの夕日は沈んだ。

「太陽が海に入るときは音がするんだよ」

と誰かが言っていた気がするが、じっさい聞こえたのは地の底から湧きあがるような大拍手だった。

ひとつの島のひとつの岬の、ひとつの日没。

やはり岬は、はかりしれない。

当人になる

足摺岬、犬吠埼、伊良湖岬(いらごみさき)、真鶴岬、大王崎、越前岬、残波岬(ざんぱみさき)、室戸岬……。灯台があったりなかったり、人気(ひとけ)があったりなかったり、海の色も風景も異なっているが、似通っているものがひとつある。それは空気だ。

岬は、突端に立つよりずっと前、近づいていくときから始まっている。すぐそこが突端であることが、空気でわかる。光の純度というのか、濃度というのか？　どこかしら抽象的になってくる。

そこから先、向こうには、もう人の気配が絶えてしまう。空と海だけの領域になる。当たり前のそのことが、岬の空気をかたちづくっているのだ。

古来、岬は「御崎」とも書かれ、あの世とこの世の境界、神的なるものが姿をあらわす場所として信仰の対象になってきた。岬にある神社や祠(ほこら)の数は、灯台の数よりはるかに多いにちがいない。

高知県の足摺岬を訪ねたら、足を延ばしてみたい場所があった。縄文時代の祭祀が行われたという遺跡「唐人駄場(とうじんだば)」「唐人岩」。それから、日本列島で最初に黒潮が接岸する「臼碆(うすばえ)」である。

後ずさりして「足を摺る」から、足摺岬という。断崖絶壁の岬をまわった西側、松尾の集落のはずれに「民宿青岬」はあった。保養所として使われていた古い建物を買いとり、夫婦ふたりでこつこつ修理しながら営んでいるという。

夕食どき、「唐人駄場」の話になった。女将さんによると、「駄場」は、土地の言葉で「広場」という意味らしい。

「どうして唐人なんでしょう?」と尋ねると、女将さんの返事はいっぷう変わっていた。

「昔の人は当て字が好きやったけんね、ほんまは〝当人〟やと思う。地元で祭りや儀礼があって、中心になる人は〝当人〟と呼ばれる。〝神にいちばん近い人〟という意味なんよ。たぶんそれやろ、とわたしは考えちょる」

唐人駄場は、宿から山に入っていった場所にあった。ストーンサークルは残念ながら公園に整備された際に動かされてしまっていたが、そこから登った頂上の唐人岩には、古代の岩座群がそのまま残されていた。母石、亀石、父石……奇怪な形の巨石に圧倒される。

何十畳もありそうな鏡石の向こうに、海が広がっていた。雲間から落ちる陽光のスポットライトが、群青の海面を輝かせている。岬に近づく船からは、間違いなくこの巨石群が光を放って望まれるだろう。

足摺半島が長靴なら、足摺岬はつま先で、臼碆はかかとになる。黒潮が最初に接岸するという場所は、唐人岩からまっすぐに下ってきた深い森のなかにあった。

黒潮に乗って南方からやってきた海人（縄文人の先祖？）たちは、陸地を発見して驚喜しただろう。ここから上陸した者も多かったかもしれない。いわば海からの玄関である臼碆が、なんの変哲もない磯であってもよかったはずだが、じっさいは違った。

暗い森が突然途切れ、視界いっぱいに畳々たる花崗岩が広がっている。海に向かってひらかれているのに、守られている。まぶしく開けた空間の真ん中に、緑におおわれた岩塊が盛りあがり、そのてっぺんに赤い鳥居がぽつんと立っていた。

不意を衝かれた。まるで劇場の舞台である。

岩を削ってつくられた、唯一、人の手になる狭い階段を一歩一歩登っていく。自然がこんな場所を用意したということ、その不思議さが迫ってくる。

小さな社に手を合わせる。

岩礁に砕ける波音を背中で聞きながら、「聖地」とはこういうものだ、という思いが湧いてきた。

自然のなかに凝集された意図、つくり手としか呼べないような何かを感得したとき、人の心のなかに自ずと生まれてくる——。

そのとき、人は「当人」になっているのだ。

へんろ日和

毎朝、日課で辞典を読む。

『新潮国語辞典　現代語・古語』を四ページ。現代語と古語が区別なく入り混じっているのがおもしろい。

通じなくなって久しい言葉。それでも、どこか懐かしく慕わしい。淡々と読んでいるだけで、調えられている気がしてくるから不思議だ。

今日のページは、「あむしーあめふ」だった。

「あむす〈浴す〉」「あめ〃あめんぼ〃の別名」と続いて、「あめ〈雨〉」の長い項に入る。「雨車軸の如し」「雨に沐い、風に櫛る」「雨の宮、風の宮」「雨霽れて笠を忘る」といった諺が並んでいる。

ふうっとため息がでる。

なんだろう？　知らぬまに遠い視線になっている。遍路の時間が蘇ってくる。

徳島、高知、愛媛、香川の四県にまたがる四国八十八ヶ所を、ときどきバスや電車を使いながら、三回の旅の区切り打ちで、延べ日数四十日かけて歩いたことがある。

道端で、「おへんろさん！」とよく声をかけられた。

徳島では「ひとりでまいよんのぜ？」と聞かれ、高知では「ひとりでまいゆう？」と尋ねられた。

「まう」とは「まわる」ことであるらしい。

日本舞踊の舞踊は「まい」と「おどり」で、「おどり」は跳躍、「まい」は旋回運動、と読んだことがある。

空海が開いた八十八の寺院を結ぶ一四〇〇キロの道は、周遊型の巡礼路。よって、ぴったりの動詞は「舞う」になるのである。

地べたを這い進む身でありながら、なにやら軽やかな気持ちにさせられた。


「雨の足」を見たのは、香川と徳島の県境だった。北斎や広重が描いた姿そのままに、ほんとうに斜線に見えるのだと驚いた。

その日も早朝に民宿を出て、六十六番札所雲辺寺（うんぺんじ）を目指して登りはじめた。海抜約千メートル。四国霊場のなかで最も高い場所に建っているという。

尾根道にさしかかると、突風がごおっと吹きつけてきた。叩きつけてくる雨と霧で、一気に見通しがきかなくなる。

山を下ってきたポンチョのおじいさんが、すれちがいざまに呟いた。

「これがほんとのへんろ日和！」

これがほんとの……？

たしかに。笑いが湧いてきた。いい天気が「へんろ日和」じゃないのだ。

両手につけている透明のビニール手袋から水滴がしたたる。

「雨の日は、軍手が濡れてしまう。杖を持つ手はことさら冷たくなるから、役に立つよ」と、行きずりのお遍路さんにもらったのだった。

手拭いを頬被りにして顎下で結び、わたしの半分ほどしかない短い杖をこつこつ突いているその人の姿は、どのお寺でも目立った。

「〝五の法則〟と呼んでてね」と、彼女は言った。

身なりを整えたら、歩きだす前に、持ち物の数を勘定する。蠟燭や線香、納経帳を納めるさんや袋、貴重品が入っているウエストポーチ、リュックサック、菅笠、杖の五点である。こうしておくと、忘れ物をしないよ。

それを聞いてから、いつでも歩きはじめるときは「五」を数えるようになった。

足下の落葉にちらほら白いものが混じりはじめた。霜か、雪か。重なる葉の形、窪みが生みだす絵模様に惹きつけられる。

見送りに出てくれた民宿のおかみさんが「ほら、上のほう、まっ白ですよ」と言っていたのは、ほんとだったのだ。

お遍路には、「大丈夫マインド」が必要だな、と思う。

悔やまない、責めない、心配しない。いちいち判断して、浮き沈みしない。

どうころんでも、起こったことを受け入れ、じぶんに「大丈夫だよ」と言う。

お遍路の心持ちは、杖や笠のように、大事な装備のひとつだ。

というより、装備なく歩きはじめ、歩くなかから自然に育ってくるものだ。

粘らない水のような心。

どこまでも流れ、浮かんでいる瓢箪のような心——。

靴底がきゅっきゅっと音をたてはじめた。ぬかるんでいた足下が一面の銀世界になっている。

四月の雪だった。

知る前の町

空気のように感じられる人がいて、ふと思う。

初めて会ったのはいつだっけ？　あれはどこだったろう？

最初に見た瞬間のその人を、知り合いになる前の目でもう一度見ようとして、記憶の霧のなかに目を凝らす。

ああ、そうだった……。浮かびあがってきた絵の鮮やかさに、あらためて驚かされる。

知る前の彼と、知った後の彼。ひと続きのようで、ひと続きでない。二枚の絵葉書のように並んでいるのが可笑しくて、なぜかおごそかな心地にさせられる。

好きな町にも、似かよったものがあるようだ。

初めて名前を聞いたのはいつだったろう？　何かの本で読んだのだっけ？　知る前の町と、知った後の町。つながりそうで、つながらない。

たとえば、サンタフェ。いまでは幾度も通い、四季折々の風景、路地の名前を浮かべられる町になっているが、最初はただの数行の文章だった。

たしかシャーリー・マクレーンの本だった。砂漠の一本道。サンタフェに向けて車を走らせている主人公の視界に、夕暮れせまる山々の姿が現れてくる。オレンジと紫という色の対照で、標高の高い町の空気、光と影の明暗が鮮やかに切りとられていた。

じっさいに訪ねるよりずっと前に、町はその名を憧れの息吹とともに刻みつけていたのだが、そんなことを記憶しているのは珍しくて、たいていは知らぬ間にお馴染みの町になっている。


あれは、マルセイユ。波止場をぶらぶら歩き、ぴちぴち跳ねる魚がトロ箱で売られているのや、通り過ぎてゆく人たちの腕、腕にミモザの花束が揺れているのを眺めながら、マルセイユ、マルセイユ……と呪文のように呟いていた。

子どものころ、それもずいぶん小さいころからこの名前に親しんでいた気がする。パリやロンドン、ニューヨークよりも、なぜかどうしてかマルセイユだった。

昔の漁師町というパニエ地区に足を踏み入れると、ふわりと漂ってくるバターの香り。おつかいだろうか、小脇にバケットを挟んだ男の子とすれちがう。

そのとき、ふと思ったのだった。

マルセイユと神戸は、姉妹都市だったのではないか?

通りすがりのカフェに腰を下ろした。スマホで調べてみると、どんぴしゃだった。一九六一年に姉妹都市となり、半世紀以上ものあいだ親しい交流、往来を続けてきた、と書かれている。マルセイユの名前は、小学時代に配られ、授業などで使われた『わたしたちの神戸』という本のなかに、まぎれもなくあったのだ。

この他愛もない発見は昼間のシャンパンみたいな効きめをあらわした。旧港を埋めている帆柱の上、はるか遠く丘のてっぺんで輝いているノートルダム・ドゥ・ラ・ガルド寺院までも歩いてゆける気分になった。

知る前の町、知った後の町。その間には、羽衣のようなヴェールが漂っている。見えそうで見えない、見えないようで見える……。

羽衣は、旅人の寝床にもたゆたっている。

目覚める前と、目覚めた後。その間に通奏低音のように響いているのは、見知らぬ町への憧れだ。

ある町ではアザーン（イスラム礼拝の呼びかけ）が、ある町ではコヨーテの遠吠えが、ある町では市電の振動と鐘の音がお供だった。

そして、マルセイユの朝はカモメの声だった。

「見知らぬ町でたったひとりで目を覚ますのは、この世で最も心地よい感覚のひとつである」

イギリスの女性探検家フレヤ・スタークの言葉だ。

旅の窓から

宿に着く。部屋に入る。荷物を置く。

それから窓に近づく。小さかったり、大きかったり、くたびれたカーテンがぶら下がっていたり、こざっぱりした布に縁どられていたり。

窓枠の向こうには、初めて見る風景が広がっている。

煉瓦の積まれた空き地、野良犬、電線、酒樽、洗濯物、鎧戸……。そこに切りとられている光景を写真におさめる。見えているものをそのまま。とくに何かを排除したりせず。

翌朝、歩道に並んでいた酒樽は消え去り、閉まっていた鎧戸は開いていて、窓際で女がなにかの作業をしている。そぼ降っていた雨はきれいにあがり、キジバトの夫婦が鳴いている。

窓という四角が伝えてくれる、世界の消息。

窓のなかを流れていく時間。

旅の窓は、偶然の贈りものだ。その日、その場所で、その窓だった、ということに一期一会を感じる。

ダブリンで泊まった宿は、厚切りベーコンや血入りソーセージがたっぷりついたアイリッシユ・フル・ブレックファストが素晴らしかった。部屋はといえば、パブの並ぶ通りに面した小さな押し上げ窓がひとつあるきりで、上げてもすぐに下りてしまい、途中で止まらない。分厚い電話帳を持ってきて、その上にトイレットペーパーを載せ、応急のつっかえにしたのだったが、窓の眺めとしてはかなりシュールだった。

やたら匂いと音を出す窓、というのもある。ポルトガルのエボラで泊まった宿では、肉が焼ける匂いと、老婆や子どもが入り乱れ、家族みなが怒鳴り合っている声が流れ込んできた。あまり盛大なので、文句を言う気も失せて、このお隣さん、いったいどんな人たちだろうと気をそそられてしまう。

散歩の帰りにわざわざ迂回してのぞいてみると、路上のバーベキューは一段落し、折しも大音量の音楽に合わせて狂乱の踊りが展開されているところだった。

街じゅう歩きまわって、こんな騒ぎをしているのはこの一家だけ。宿で聞くと、ロマの人々のようだという。あの「エボラ劇場」は面白かったと、いまもときどき思いだす。

一枚の絵のような美しい風景を切りとっている窓との出会いは、言うまでもなく、旅の喜びのひとつだ。

あれはレイモンド・カーヴァーの詩だった。

旅先のシャトー。語り手の視点は、窓の外側にあって、内側をのぞいている。

晴れた温かな日。男がひとり、窓辺に椅子を寄せ、本を読んでいる。男は顔をあげない。ガラス一枚へだててジュネーブ湖が広がり、湖水の向こうにモンブランが輝いているというのに。絵のモデルみたいな格好で、いったいこいつは何を読んでいるのか?

窓の外からのぞいているのもじぶん、のぞかれているのもじぶん。窓を舞台装置に据え、浮遊している視点が新鮮だった。

男が読んでいる本のタイトルは、結局、明かされない。かわりに男の頭のなかが披露される。取り返しのつかない過去の時間、遠くはなれた場所の埒（らち）のあかない心配ごと……。

いま、ここにある窓の風景から見事に締めだされ、右往左往している男の姿があざやかに切りとられていた。

飛ぶ石、緑の石

プラハからバスに揺られること三時間半。チェスキークロムロフにやってきた。町の入り口のインフォメーションで地図をもらうと、それは見事な図形だった。

馬蹄形の大曲（おおまがり）が四つ。川にぐるりと囲まれた岬状の土地が互い違いに入り組んで、ひとつふたつと橋が掛かっている。

サンクトペテルブルグ、ブリスベン、バース、ロンドン……。真ん中に川の蛇行を抱いている街をいくつも見てきたが、こんなに完璧な図形を見るのは初めてだった。

歩きだすと、道はそのまま坂になり、丘の上のクロムロフ城へと続いていた。そこここに薔薇の花が描かれているのは、三百年にわたってこの城に君臨してきた貴族ロジェンベルク家の紋章が五弁の薔薇であるかららしい。

錬金術の後援者、ヴィレーム・ロジェンベルクが城主だった十六世紀には、チェスキークロムロフは南ボヘミアの錬金術のメッカとなり、名高い錬金術師たちが集まって「賢者の石」を採りだす秘密の実験を繰り広げていたという。

外回廊の窓、窓からは、輝く川の湾曲が望まれた。プラハでは豊かな水量をたたえてゆったりと流れていたモルダウ川が、ここではほっそりした若い娘のような姿で、草の茂る土手に縁どられている。

この町にやって来たのは、モルダヴァイトの故郷であるからだった。ずいぶん昔、ひょんなことから手に入れて以来、机の隅っこで暗緑色の影となって静まっていた。掌にすっぽりおさまる鏃形。表面のどこにも平らなところがない。細かい縮緬模様がのたくり、渦巻き、波うっている。

モルダヴァイトは、隕石の衝突で生まれる天然ガラス、テクタイトの一種である。テクタイトはふつう黒色だが、モルダヴァイトは地上で唯一、緑色だった。

モルダウ地方からボヘミア地方にかけて、集中的にモルダヴァイトが採れる場所があり、そのひとつがチェスキークロムロフだった。

モルダヴァイト・ミュージアムがあると聞いて、曲がりくねった路地を歩いてゆく。ようやく見つけたのはこぢんまりした建物で、一歩足を踏み入れると、そこは緑、緑、緑の世界だった。

涙形、滴形、流線形、紡錘形、鏃形……。衝突したときの衝撃で隕石と地表の土が瞬間的に液状化し、飛び散るなかで固まった「スプラッシュ・フォーム」と呼ばれる独特の形状のおびただしい石が、暗闇のなかで輝いている。

隕石が衝突したのは一四五〇万年前の新生代中新世。ここから二百八十キロ離れた南ドイツのリース・クレーターがその跡であるという。直径二十四キロの円形の穴にはネルトリンゲンの街が形成されていた。

科学者の推定では、隕石の大きさは直径一・五キロ。モルダヴァイトが隕石孔の東から北にかけての地域で見つかっているのは、衝突時の角度と向きによるものらしい。

それにしても、なんという飛距離！　遠いもので四百五十キロ。チェスキークロムロフでも、東京—名古屋間くらいの距離がある。

ミュージアムの客はわたしひとりだったから、帰りのバスの時間も忘れて、遠来の石たちに浸りきって過ごした。


外に出ると、西日が丘の塔を輝かせていた。五時のバスを逃したら、後がないのだった。来た道を大急ぎで戻りながら、古い鎧戸のある石屋が目に入った。

いや、石を見ている場合ではない、先に進むのだ、と思うのに、足はさっさと店の中に入っていく。

緑の石が目にとまった。モルダヴァイトではない、ゾイサイトだ。鮮やかな緑色にルビーの薔薇色が点在している。美しい。

これください、と店の主に渡すと、相手はなにやら釈然としない風情……。そりゃそうだろう、いくらなんでも早すぎるだろう、とじぶんに突っ込みつつ、包み紙も遠慮して、ポケットに石を入れて店を出た。

新しい旅の仲間が加わったぶん、足どりも軽く！

風に吹かれるポルチェリーノ

初めて訪ねたエクス＝アン＝プロヴァンスの街は、まるで人気(ひとけ)がなかった。日曜日のせいでどのお店もシャッターが下りているし、昨夜から吹きはじめたひどい突風が看板を鳴らしている。冬の北風ミストラルであるらしい。

てくてく歩いてたどり着いたセザンヌのアトリエも、閉館の札が掛かっていた。あきらめて旧市街に引き返し、足の向くまま歩いてゆく。人がつぎつぎ湧いてくる路地があり、逆にたどっていくと、マルシェに行きついた。

チーズ、ハム、オリーブ、鶏の丸焼き、野菜、果物……。何でも売っている。流しのヴァイオリン弾きが調子のいい音楽を奏でている。ジャムを並べている屋台から声がかかる。嬉しくなり、すすめられるままに試食をはじめた。マーマレード、アプリコット&ラベンダー……。バケットにつけて口に放り込みながら、ふと目の端っこに、遠くぽつんと立っている青銅のイノシシが入った。

え？　あれはフィレンツェで見たのと瓜二つ？

近づいてみると、寸分違わず同一だった。

雄らしからぬしどけない腰つき、口からちょろちょろ流れでる水、台座に彫られたカエル、ヘビ、トカゲ、カタツムリまでいっしょ。

みなに触られるせいだろう、鼻面だけぴかぴか輝いているのも同じである。口の中に青い葉っぱ、足下に野菜の切れ端が散らばっているのは、買い物帰り、手提げの中身をちぎってイノシシに分けてやるのだろうか？


フィレンツェの青銅のイノシシは、「ポルチェリーノ」（幸運の子豚ちゃん）と呼ばれていた。ウフィツィ美術館にある古代ローマ時代の大理石の像を、十七世紀、彫刻家ピエトロ・タッカがブロンズにリメイクしたものだという。

ポルチェリーノとの思いがけない再会は、フランスのエクスだけに終わらなかった。あろうことか、たまたま訪れた諏訪湖のそば、諏訪市文化センターの駐車場に立っていたのである！　まったく人に知られている気配もなく、独り冷たい湖風に吹かれていた。

調べてみると、ポルチェリーノは世界じゅうに散らばっていた。パリ、マドリッド、シドニー、カナダのヴィクトリア……。日本でも、神戸、東京が二箇所ずつ、京都、尾道、千葉と、わかっているだけで八体はありそうだ。

それにしても、なぜ、こんなに拡散したのだろう？　「幸運の子豚ちゃん」だから？

アンデルセンのお話「青銅のイノシシ」は、彼がフィレンツェを訪れたとき、当時すでに街の人気者だったポルチェリーノをモデルに書いたものだという。

お腹を空かせた乞食の少年が青銅のイノシシに口をつけて水を飲み、そのままもたれて寝入ってしまう。真夜中になると、イノシシが動きだし……少年を乗せたまま街じゅうを散歩する。

「むじゃきな子供がわたしの背に乗っかると、その時だけ、わたしは走ることができるんです」とイノシシは言う。

「どうか、わたしの背中から、おりないでください。さもないと、わたしは、坊っちゃんが昼間ポルタ・ロッサで見たように、死んでいなくてはならないのです」

フィレンツェの青銅のイノシシを初めて見たのは、ちょうど満月の晩だった。シニョリーア広場の彫像たちのただならぬ迫力に圧倒され、午後から吹きはじめた北風トラモンターナの唸り音に追い立てられるように、人で賑わうポルタ・ロッサの路地に迷い込んだのだった。

新市場のロッジア（開廊）の一角、革細工屋のテントの前に、イノシシが立っていた。小さな男の子が父親に抱きあげてもらい、鼻面に手をまわしている。口の中にコインを滑らせようと苦労しているようなのは、流れだす水にのって真下の格子をくぐり、穴に硬貨が入れば、幸運になると信じられているかららしい。

周りに人がいなくなったのを見はからって、わたしもコインを落としてみたのは言うまでもない。

レモンタイム

友人がレモンをくれた。

バッグに手をつっこんでごそごそやってると思ったら、はいっとむきだしの実を差しだした。目の覚めるようなイエロー、たっぷりした紡錘形。

七年前に植えた苗木が屋根に届く高さになり、今年は立派な実をつけたという。くっついている葉っぱの大きいこと、緑の深いこと。手のなかでくしゃっと丸め、鼻を押しつける。うーん、いい香り！

ロサンゼルスに暮らしていたころ、オレンジやライム、レモンの木がたくさん庭に生えていた。

たまに大家のカルロスがやってきては庭仕事に精をだし、夕方にはきまって籠いっぱいのレモンを抱え、芝生を横切っていくのだった。「レモンタイムだよ！」と叫びながら。

あらあら、あんなにたくさん!?

日本で身についた習慣から、ひとつふたつもいでは満足していたわたしは、ごっそりさらっていく豪勢な収穫に気が気でないのだった。

「そのレモン、どうやって使うの？」

と聞いてみたことがある。

「そりゃあ、いろんなふうにさ」

キューバ系アメリカ人のカルロスは、濃い眉を寄せて言葉を継いだ。

「料理はもちろんのこと、キッチンを掃除したり、爪をきれいにするのにも使えるよ」

切ったレモンの皮をシンクやまな板にこすりつけ、臭い消しとして使うらしい。皮で爪を磨けば、漂白、艶出しにもなるという。

知らなかった。レモンといえば酸っぱい果汁と思っていたわたしは、ずいぶん限られた見方、使い方をしていたのだ。

レモンの香りは、清々しさと元気を運んでくれる。

分厚い皮をよく見てみると、小さなつぶつぶの油胞（ゆほう）が詰まっている。あのひとつひとつが芳香成分のカプセルであるらしい。アロマオイルは果皮から蒸留され、イタリアのかぐわしいお酒リモンチェッロも、レモンの皮だけを漬け込んでつくられているという。

今夜は、なにをつくろうかな？

もらったばかりのレモンをポケットに入れて、歩きだしながら考える。無農薬であるのが、なにより嬉しい。

皮をピールしてオリーブオイルに漬けておこうか？　刻んだ皮をココナッツオイルやバター

に混ぜるのもいいな。サラダに入れたり、パンにつけたり……。

そうだ、冷蔵庫に鶏の胸肉が一枚あった。レモンとズッキーニのパスタをつくろう！

空を見あげながら、ふとレモンイエローが好きだった画家のことが浮かんできた。

南フランスのアルルを訪ねたとき、「黄色い家」を通りかかったことがある。

建物はいくぶん変わっていたが、後ろの電車の高架と道路は十九世紀の終わりに描かれた絵そのままだった。

ゴッホが暮らし、弟のテオにたくさんの手紙を送った場所だ。

アムステルダムとパリを行き来している画商の弟に、南仏の太陽と光の美しさ、色の素晴らしさをとめどなく書き綴る。色彩の驚きに加えて、今日財布を見たら空っぽだったよ！とお金の催促。それから、しばしば登場するのが絵の具の注文だった。

「ジョーヌ・ドゥ・クローム・シトロン　十本」、「クロームイエロー二番　十本」、「クロームイエロー三番　三本」……。

黄色の絵の具の圧倒的な多さに驚かされる。

画家が「薄い硫黄の黄色」「薄い金色のレモン」と愛情をこめて呼び、チューブから絞りだすように描かれた「ひまわり」「種まく人」「夜のカフェテラス」「アルルの跳ね橋」といった作品群は、まるでテオへの手紙の続きのようだった。

ポケットに手を入れて、黄色に触れる。光に触れる。

ハムの年、辛子の年

アメリカの家というのは多かれ少なかれざっくりつくられているらしい。とりわけカリフォルニアの家は、というべきか。

バークレーに暮らしていたとき、朝起きると、シーツの上に銀色の輝く糸のような模様ができていた。のたくり、旋回し、横切っていく。ナメクジかカタツムリにちがいないが、痕跡だけで本人を見かけたことはなかった。

ロサンゼルスに住んでいたころ、雨が降った翌朝には、キッチンの床はきまって黒山のアリだかりになっていた。うっかり踏みだそうものなら、スリッパの足に這い上がってくる。絶叫する。叩き落とす。踏み潰す。悪戦苦闘の末、なんとかキッチンの床が見えるようになったところで、やっと朝食の支度にとりかかる。これには萎えた。

大家のカルロスは、わたしの訴えを聞くと、きまって天を仰ぎ、こう言うのだった。

"When it rains, it pours."

そりゃそうでしょう、雨が降ったら、あふれるでしょう、巣穴が水浸しになったアリは家の中に避難してくるでしょう？　って、いや、だから??

だからって、この状態を放置しておくわけにはいかないでしょう、というのがわたしの言い分だった。

カルロスは、"Mother Nature……"とか宣(のたま)いながら、結局、ハードウェアショップで買ってきた殺虫剤を家の周りに撒いて回る。そしてまた、言い訳みたいに繰り返す。

"When it rains, it pours."

この言葉が諺で、「降れば土砂降り」「弱り目に祟り目」といった意味合いであることに気づいたのはだいぶたってからである。

ふり返ってみると、あのころのわれわれは〝土砂降り〟だった。トイレが詰まる、シャワーが壊れる、雨漏り、浸水。挙げ句は正体不明のラップ音に悩まされた末、月々払っている電気・水道料金に、あろうことか大家の事務所分まで含められていることが発覚した。

あとでわかったことだが、カルロスにとっても〝土砂降り〟の時期だったらしい。デザイン事務所の経営がうまくいかず、住んでいた家を異邦人であるわれわれに貸してアパート暮らしを始めたものの、それも立ち行かなくなり、夫婦の離婚訴訟にまで発展していた。

「降れば土砂降り」というのは、われわれの人生が一定の調子で流れてくれないことを表した言葉である。立て込む、重なる、集中する。何をやってもうまくいかない時期というのがある。ずっと前に観たフランス映画のなかで、それは「サンドイッチの年」という言葉で形容されていた。

どうして、サンドイッチなのか？　それは普通の年々の間に特異な年が差し挟まれているからだ。

戦後のパリと、そこに暮らす人々を描いた滋味あふれる映画のタイトルは、ずばり「サンドイッチの年」だった。

家族を収容所に連れ去られた孤児の少年ヴィクトール・ラビンスキーは、変わり者で頑固な老人マックスが営む古物商で働きはじめる。ふたりはともにポーランド系ユダヤ人だった。

ある日、ヴィクトールは店の事件に巻き込まれ、唯一の友人フェリックスとの関係を失う。夜中、ベッドの中で泣いている少年に気づいたマックスは、未明の散策に連れ出す。

「見ろ、ラビンスキー。陽が昇る。美しくないか?

これを信じろ。陽がまた昇る限り、いい日も来る」

戦争で多くを失いながら生きているマックスの、体験から湧いてきた言葉。

「今年は辛い事も色々あったろうが、人生に五度や六度はこんな事がある。残りは何てことはない日々の連続さ。

今年のような年は、ハムの薄切れのようなものだ。二枚の厚いパンの間にはさまって、つまり——サンドイッチの年だ。そういう時は、よくかみしめなきゃならん。カラシが一杯で涙が出ても、全部食べなきゃならんのだ。全部だ。いいな」

ハムの年、辛子の年。

映画「コルチャック先生」の先生役でも知られる名優ヴォイツェフ・プショニャックが、シュールな言葉に息吹を与えていた。

友だちの川

ジョージア・オキーフが描いたものに「ピンクと緑」と題された絵がある。淡いピンクのなかを緑の線が進んでいく。左から右に、右から左に。線は柔らかく力強い。眺めていると、なんともいえず懐かしい気持ちになる。からだごと緑色に溶けこんで、流れはじめる。オキーフが何を思いながら描いたかは知らないが、わたしにはコロラド川が見えてくる。

川は、いつも遠目でそれとわかった。赤褐色の大地に細く長く伸びている緑のベルト。パロベルデやコットンウッドの萌えるような色が、そこに水があることを明かしていた。旅の途中で出会うたび、しばらくは伴走した。

どうして、いつもコロラド川だったのだろう？　縁のある人がいるように、縁のある川があるのだろうか？

もしやが、まさかに、そして、やっぱり！になる。こんなところで出会うなんてと大喜びし、不思議がるのだが、よくよく考えてみると、わたしのほうが追っかけをしていたようなものかもしれない。

コロラド川は、アメリカのコロラド州、ユタ州、アリゾナ州、ネバダ州、カリフォルニア州、そしてメキシコを経由して太平洋に注ぎ込む。この川がコロラドプラトーを侵食した跡は、グランドキャニオンなど深い渓谷として知られている。

メキシコに流れ込んだあとの川の姿を見たくて、国境を越えたことがある。アメリカ側のサンルイスから、メキシコ側のサンルイス・リオ・コロラドへ。

あのころの国境はのどかだった。アメリカ側で買い物したメキシコ人たちが次々カートを残していくので、ゲートはまるでスーパーの入り口といった風情だった。

五歳になる息子の手を引いてゲートを抜け、通りから通りへでたらめに歩いてみたものの、川の姿はどこにもない。

道行く人に「リオ・コロラド?」と聞いてみる。みな一様に足下を指差して「シー、シー」と言う。町の名前が「コロラド川」なので、ややこしいのだ。

「ノー、アグア、リオ・レアル」と懸命に両手を動かし、細長いものを表す仕草をすると、相手は困った顔つきになり、ずっとあっちだという手つきをする。

結局タクシーを拾い、川のほうの「リオ・コロラド」に向かって走りだしたものの、運転手の顔は憂鬱そのものだった。バックミラーでちらちら見やり、ときおり神経質そうに短い口笛を吹いているのは、この子連れの女、川を見に行くなどと言っているが、本当の目的は何だろう、と考えていたのかもしれない。

川が見えてきた。広い。アメリカのあちこちで見たどの川幅よりも広い。水量は多くないが、ゆるやかに蛇行しつつ、いくつもの中洲を形成している。

河原の砂は、赤みがかった褐色だった。パロベルデがやさしい緑陰をつくっている。スペイン語で「緑の棒」という意味らしい。幹も枝も一色に染まってしまったように青い。

水際に群生している低木がいちめんピンクの花をつけている。ムラトという名だと、運転手が教えてくれる。

対岸の川べりから自転車競走に興じている子どもたちの歓声が響いてくる。拾ったばかりの貝殻を手にぼんやり眺めていた息子は、何を思ったのか、ごろりと砂の斜面に寝ころがった。

両手を広げ、ひとしきり上下にはためかせる。立ちあがって、できたばかりの窪みを指差し、「アンヘル」と言う。

たしかに。天使の羽跡に見えなくもない。

ボンネットの上に新聞を広げて読んでいた運転手が顔をあげた。

「アンヘル？　アンヘル！」

心の鎧が外れたのだろうか。「アミーゴ！」「ムーチャチート！」と息子に呼びかけながら、いっしょに貝殻拾いをしてくれる。

運転手の名はヴィクトルというらしい。彼が教えてくれた町一番のタコス屋は、通りの名前を聞き違えたのか、見つからなかった。

路上の鏡

旅の記憶のなかで、いちばん最初に古びてしまうのは何だろう？　観光案内？　見どころの説明？　巷にあふれている、おきまりの情報、知識といったものではないだろうか。

ツアーもらくだろうなと思うけれど、なんとなく足が向かないのは、スピーカー、ガイドのマイクから気前よくあふれでてくる情報の洪水に押し流されてしまう気がするから。

バスに運ばれながら、ああ、もういいです、と思ったとしても、たぶん、なすすべもない……。

知りたい、と思うと同時に、知りたくないと思う。

若いころはそんなふうに思わなかったから、もしかすると年を重ねることと関係しているのかもしれない。

知ったつもりで、はい、あがりになり、思考停止、消化不良に陥るのを案じているのだろうか。

見るもの聞くもの何もかももの珍しく新しく、この世の異邦人を地で生きていた子どものころへの、あるいは郷愁だろうか。

ほんとうの「知る」とは、世界の秘密に触れることだ。

そうか、そうなんだ、と驚く。膝を打つ。何がどうだと言葉にならなかったとしても、腑に落ちる。

ほかの人には何でもないことが、ある人には〝世界の秘密〟であり、宝物であるかもしれない。とても個人的な出来事なのだ。

こんなことを書いていて、思いだされる光景がある。

あれは二十代。アメリカのバークレーに一年だけ暮らしていた。住んでいるふりをして、じっさいは長い旅の旅人だったような気もする。

町の中心にカリフォルニア大学バークレー校があり、六〇年代の亡霊と目されるヒッピーやホームレスが通りや公園のそこかしこにたむろしていた。ベトナム戦争反対運動はじめラディカルな市民運動をつぎつぎに発信してきた町だ。

その日、「ブラック・オーク・ブックス」をのぞいた後、まぶしいシャタックアヴェニューに出てゆくと、数メートル離れた路上に、ひとりの浮浪者が正座していた。

にわか雨の後の水溜りが、歩道の隅っこに光っている。それを鏡の代わりにして、男はゆっくりと髭を剃っているのだった。

剃刀をもつ長い指、よく日焼けした半眼の相に惹きつけられた。まるで人生最後の一日のようだった。あるいは浮浪者最後の？　そんなふうに感じたのは、これまでどんな顔の上にも見たこともないような至福が、男の顔に浮かんでいたからだ。

彼が目を落としている先には空が広がり、白い入道雲が立ちあがっていた。そのとき、子どものころの感覚を思いだした。

水溜りのなかに入り、長靴でちゃぷちゃぷやっている。ゆらめく水面、はねる水しぶき……。ふと見下ろすと、あの驚愕がやってきた。

じぶんが空のなかに立っている。まっさかさまに落ちてゆきそうな深い深い青色の真ん中に！

わたしはずいぶん長いあいだそこに突っ立って男を眺めていたのだろうか？　目が合った覚えも、立ち去る姿を見た覚えもないから、ほんの数分、もしかしたら数秒のことだったかもしれない。

あれから長い歳月が流れたというのに、この記憶はくたびれず、色あせず、古びることがない。

折りにふれて思いだされ、いまも目の前にあるように光彩を放ち続けているのは、あのときあの場所で、男が瞬間を生き、わたしもまた瞬間を生きていたからだろう。

不意に撃たれて

昔のノートを開くと、トランプが一枚すべり落ちた。赤いダイヤが五つ。その上に緑色の絵具が塗りたくられている。

カードをつまみあげ、しばし眺める。

イギリス南西部のグラストンベリー。トールの丘を訪ねたあと、激しくなりだした雨に追いたてられ、目についた一軒に飛び込んだ。「レイジー・ゲッコー・カフェ」。地元の人たちの溜まり場になっているのだろう、くたびれた内装ながら、心地いい活気がある。

温かいミルクティーと、今日のパニーニが運ばれてきた。チキンとほうれん草にスティルトンのブルーチーズ。絶妙の組み合わせだ。冷えきったからだに、あつあつがありがたい。

ウェルズ行きのバスが、たしか五分後に出るのだった。食べきれなかったひと切れを店の若者に包んでもらい、お代を払いながらバス停の場所を聞いた。

ハイストリートを速足で歩きだすと、さっきの若者が追いかけてきた。

「これ……！」

息をきらせている。

「ボクたちからのプレゼントです。こんなのつくってるんです」

サイケデリックに彩られたカード。

「ダイヤの5？」

「なにか浮かびます？」

とっさに言葉がでない。赤と緑、補色の組み合わせが好き、と思ったが、「ありがとう」とだけ言った。

若者は破顔一笑、雨のなかを走り去った。


不意に撃たれて、驚く。

少しの困惑、怖さ、嬉しさ、恥ずかしさ……。どれともつかない感情がゆらめき消えてゆく。些細な場面でありながら、記憶のなかのとくべつな場所にしまわれているようなのはおもしろい。

南仏のサント・マリー・ド・ラ・メール。アルルからローヌ川を越え、どこまでも続くカマルグをバスに揺られること一時間……。湿原の一本道にときおりぽつんと人影が立っていて、停車する。乗ってくる人たちが判で押したように口にするのは一言、「サンマリ」。バスの終点の町の名前、「海からの聖マリアたち」の略称だ。

イエスが磔刑に処せられた後、マグダラのマリア、マリア・ヤコベ、マリア・サロメ、従者のサラたちがエルサレムから逃れ、小舟でこの地に流れ着いたという伝説が、この長い名前の由来であるらしい。

サント・マリー・ド・ラ・メールの海辺にはごつごつした岩がころがり、ゴッホがいくつかの絵のなかで描いたような荒々しい波が打ちつけていた。

強風にあおられながら海沿いを歩き、あてずっぽうで小さな食堂に入った。店名は「オ・ピカ・ピカ」。何語だろう？

黒板に書かれている〝フリュイ・ド・ラ・メール〟から、牡蠣六個と小海老十二匹、それに蛍烏賊のフリットを注文する。あらわれたのは、たったいま目の前の海から揚がりましたというような、つやつやした海の幸！

グラスワインもそっちのけ、海老の頭をとり、味噌をしゃぶり、尻尾の中身まで抜き取って、夢中でたいらげていると、遠くの席の男がひとり、じっとこちらを見ているのに気がついた。すでに手づかみで、取り繕いようもない。

男が立ち上がった。意を決したようにやってくる。

と、立ちどまり、胸の前で合掌した。

「イタダキマス」

野太い声に圧倒され、わたしは吹きだしたいのをこらえて手を合わせた。

「いただきます」

金髪の偉丈夫はにっこり笑い、満足げにうなずいた。なにか、大事なことが共有されたような……？

あのとき床に落ちていた光、匂い、男の声を、いまでもふと思いだす。不意に撃たれて。

第三章 ＊ この世あそび

鏡はね……

子どものころ。三面鏡に手を伸ばすと、きまって母は言った。

「鏡で遊んじゃ駄目。吸い込まれちゃうよ」

「なんで？　お母さんはなんで吸い込まれないの？」

答が返ってきたためしがない。

あんなこと言って手形をつけてほしくないだけなんだ。そう思っていたから、お留守番のときはこっそり三面鏡で遊んだ。

薄暗い寝室に入り、身をのりだして顔を突っ込む。そのとき左右の鏡の側面を頭の後ろにくっつける。

と、そこはゆらめく鈍色の世界だった。

いる、いる、たくさんいる、無限にいる！　目の前の、向こうの、その向こうの、そのまた向こうの、ずっと向こうの子どもがこっちを見つめている。睨み返す。子どもらが睨み返す。

あかんべえをする。子どもらがいっせいに目をむき、舌を突きだす。

ぱたんと閉じた。ぞくぞくした。このまま続けると、見てはいけないものを見てしまいそうな気がした。

でも、見てはいけないものって何だろう?

すっかり大人になったある日、アイルランド人の友だちが言った。

「鏡はね……」

どうしてそんな話になったのか。女優の卵である彼女はアメリカの街を転々としていたから、旅の話だったかもしれない。

古いホテルや古い家に掛けられた鏡は……と彼女は言った。

「なんとなくわたしたちを居心地悪くさせるでしょう? それはね、過去にその鏡に映った人たちの像が鏡のなかに堆積していて、その人たちが、あるいは最も長くその鏡を見つめていた誰かが、いまのぞき込んでいるわたしたちを、鏡のなかから見返しているからなの」

アイルランドの人々は日本人と同じくらいか、それ以上に迷信深いと聞いたことがある。事実、彼女は迷信深かった。遠く救急車や消防車のサイレンが響いてくると、いつでも大急ぎで胸の前で十字を切った。

縁起の良くないことを話すとき、必ずこぶしの裏側でテーブルを叩くのだった。ノック、ノック、ノック!

「鏡はね……」

あのときわたしは、あからさまに驚くふりをしながら、たしかにありそうな話だと思ったのだった。

鏡に映るもの。

映らないもの。

それから、ふと映ってしまうもの。

このなかで、子どものわたしが見たかったのは、もしかすると後の二つだったかもしれないなと思う。

占い師の使う水晶玉だって、似たようなものだろう。鏡や水晶玉は、日常意識がつくる合意現実からちょっと外れてみるためのツールにちがいない。

タルコフスキーの映画「鏡」のなかに、主人公の少年が暗い部屋にひとりすわり、横目で鏡を睨んでいる場面があった。

自伝的映像詩といわれた作品のなかの少年は、言うまでもなくタルコフスキーその人で、彼のつくる映画が、いかに映らないもの、ふと映ってしまうものに彩られていたかを思い起こすと、興味深い。

度胸のないわたしの三面鏡遊びは、いつでも中ぶらりんで終わった。

とはいえ、子ども心には、鏡に映っているふつうの「現実」だって、十分に非現実的だった。じっさい、鏡のなかの「じぶんの顔」を見るたび、驚いていたのだ。

なんで子どもなんだろう?

なんで男じゃないんだろう?

あのころの風邪

子どものころ、風邪をひいたら、どんなふうだった？

おばあちゃんがね、きまって黄桃の缶詰を持ってきてくれたよ、と友だちは言った。カタンコトン。足を引きずりながら、ゆっくり階段を上ってくる。襖（ふすま）が開く音がして、目をあけると、枕元にガラスの皿があり、つやつや輝くオレンジ色の半球が載せられていた。その友だちは、大人になったいまでも、たまに桃の缶詰を買ってしまうらしい。銀のスプーンであの甘い甘い実を口いっぱいほおばると、癒される。ひと心地つく、と言う。

わたしはといえば、ひどくくたびれたとき、気がつくとバニラアイスを食べている。最強の組み合わせは、熱い珈琲。冷たさと熱さ、甘さと苦さの合体が、なにより元気をくれると信じているのだ。

子どものころ、風邪をひいたら、母がいつも林檎をおろし金で摺りおろし、ガーゼでくるんで、絞り汁をつくってくれた。グラスに移された液体は黄金色にゆらめいて、どことなく非日常の匂いを漂わせていた。

父は、子どもにはとういて買えない一番上等のバニラアイスを買ってきた。両手からはみだしてしまう大きさが嬉しくて、熱があるのに大はしゃぎした。

布団のなかから見あげると、母はふだんより神妙で小さく、父はいっそうデカクなって、だれより嬉しそうに笑っているのだった。

学校に行かなくてもいい午後。世界は妙にからっぽで、ぼんやり照り輝いていた。

落葉を掃く音、廃品回収の声、遠いサイレン……。うつらうつらしながら、天井の節目を眺めて過ごした。


ちいさいころ、泣いたらいつも、そばにいるだれかが「イタイの、イタイの、飛んでいけ～！」と言った。

え、なにが飛ぶの、ほんとに飛ぶの？と、おろおろキツネにつままれながら、そのうちうやむやになり、いつしか泣きやんでいるのだった。

“Pain, pain, go away！”

“Kiss it better！”

英語にもそっくり同じ表現がある。

だれかの手が撫でてくれる、抱きあげてキスをしてくれる。

すると、われに返るのかもしれない。ほどけかかった輪郭がくっきりとなり、ようやくじぶんを取り戻せるというように。

大人になったいま、風邪をひいたら、しょうが湯を飲んで、分厚い布団をかぶって、汗をいっぱいかいて、というひとり療治が板についてしまった。
けれど、もしかだれかの手が、重い脚やこわばった背中をマッサージしてくれたら、それは魔法のような効きめをもたらすかもしれない。
谷川俊太郎さんの詩集『世間知ラズ』には、「ぼくは風邪をひいて」という詩が入っている。その一節――。

開け放した窓のむこうの木立が夜風に唸る
子供のころはそれがこわくて
でもこわいのが甘美だった
きっと誰かが来てくれると思っていたから

あのころの風邪は、最後、こんなふうに綴られる。

風邪をひくと苺ジャムをぬったトーストと紅茶を
母が寝床までもって来てくれた
自分がどんな人間かということなんか考えたこともなかった
あのころは

人生の天才

通りを歩いていて、水撒きしている男性を見かけた。

新しく建ったばかりの家の駐車場。赤ん坊を抱っこした女性もいっしょである。

ふたりがしきりと空中を指差しているのは、ホースの先にきれいな虹がかかっているらしかった。

「すごい、すごい」

「ほら、そこ！　見える⁉」

さっきからちょろちょろ駐車場を出たり入ったりしている小さな子どもに呼びかけているらしい。

と、女性が素っ頓狂な声をあげた。

「ヤバイ、目的が変わった！」

いま、子どもは駐車場の真ん中に突っ立ち、じぶんの体をうっとり眺めていた。ホースからほとばしる水がみるみる子どもの洋服の色を変えていく。

男性は蛇口に走り、女性は子どもに突進する。赤ん坊か、子どもか、泣き声があがる。

ゆるゆる通り過ぎながら、笑ってしまった。

子どもの自由、大人の不自由。

ホースの水がくれるのは、水滴のきらきら、冷たさ、染み模様……。子どもは、そのまま享受する。

「もし運命がわれわれにレモンをくれたなら、レモネードをつくろうじゃありませんか」

と言ったのは、デール・カーネギーだった。

子どもは人生の天才だ。レモネードだってすぐさまつくる。


ロサンゼルスの夏。週末になると、ガレージの前に机をだし、小さなレモネード売りがすわっているのをよく見かけた。机の上には、たっぷり汗をかいたガラスのピッチャーと、紙コップ。看板のつもりだろう、段ボールの裏側にマジックのつたない文字で「一杯二十五セント」と書かれている。

裏庭でたわわに実っているレモンを絞ってジュースをつくれば、道行く人の喉をうるおし、それからじぶんのポケットに、あの持ち重りのするクォーター（二十五セント硬貨）が溜まるという仕掛け。なんという魔法！

この感動には、身に覚えがあった。

子どものころ、レモネード売りならぬ、小鳥売りをやっていたのである。

神戸の冬。裏山の六甲山に餌がなくなると、小鳥たちが山裾の住宅街に降りてきた。野鳥の群れのなかに、家々から逃げだした文鳥がたくさん混じっていて、子どもの目をひいていたのだった。

あるときひらめいて、罠をつくった。空っぽの鳥カゴの中に餌をばらまいておき、紐をつけた扉を引っ張りあげた状態で姿を隠す。桜文鳥、白文鳥……サンゴ色のくちばしをふりながらちょこちょこカゴに入ってくると、手のなかの紐をゆるめる。パシャンと扉が落ちて、一丁あがり。

そうやって捕りためた文鳥を、近所の小鳥屋に売りに行った。店の親父はまた来たかと顔をしかめ、不承不承を装いつつも一羽五十～八十円で買いとってくれるのだった。

文鳥一羽が一等大きいアイスクリームに化ける。まさに魔法だった。

あれほど情熱を傾けた小鳥売りを、いつどうしてやめてしまったのか、記憶にない。カゴの中でバサバサ暴れられる。大きなカゴを運んでゆく。そんな手間がイヤになったのか？

いや、文鳥が入ってくれるのをじっくり待っていられるほど暇でなくなったのかもしれない。

あの庭でじっと息をひそめていた子ども、小さな小鳥売りに、ふと会いたくなる。

こんがらがる

「スキ、キライ、スキ、キライ、スキ……」

はてしなく、花びらをちぎりつづける。

青いヒナギク、白いマーガレット、薄紫のヨメナ。花びらはほどほどに多く、一枚一枚きれいに散ってくれるのがいい。

花占い。女の子なら、だれしも一度はやったことがあるかもしれない。

あれは、じぶんの恋心を占っていたのだろうか？　それとも相手の？　「好き、それとも嫌い？」の二択だったのだろうか？

子どものころのわたしには、ちっとも二択なんかではなかった。「好きで、嫌い」の「同語反復」だった。


好きと嫌いはなんて似ているんだろう！

そのことに初めて気づいたのは、小学二年生のときだった。

ざわざわする。ドキドキする。はらはらする。モジモジする。

学校にいるあいだじゅう、ずうっと居心地の悪さを持てあましている。

もしかしたら……。もしかすると？　あたしはマキノくんが「好き」なんだろうか？

困ったことになった！

というのが、最初の感想だった。

ある日、どんなはずみがついたのだったか、階段を上りながら、すぐ横をひょいひょい歩いていく問題の人物に言ってみた。

「マキノくんなんか、だいっキライ！」

あのときの晴れやかさ、清々しさ。万歳三唱したくなるような感じは、いまだに覚えている。

これだ、これを、あたしは言いたかったのだ！


が、刹那、爆音が降ってきた。

「キライでケッコウ、ケッコウ毛だらけ、ネコ灰だらけ！」

マキノくんは大きな目をもっとでかくして、ひょっとこみたいに口をつきだした。

「おケツのまわりはクソだらけ！　おまえなんかに好かれたら、この世の終わりや！」

高揚は、あっけなくぺしゃんこになった。

ほんとのことを言ったら、マキノくんに嫌われてしまったのだ。心底うろたえた。

好きと嫌いのこんがらがりは、とうてい八歳のじぶんの手には負えなかった。


花占いというのは、世界じゅうにあるらしい。

花も身近、恋も身近。というわけで、どの国、どの文化にも見いだされ、どれも似かよっている。

花びらの数はおおむね奇数が多いから、「スキ」から始めれば「スキ」で終わる。けれど、たまに偶数が混じっていたりして、そのときは「キライ」を振りだしに据えて、一から数え直す。

とまあ、結局「スキ」で終わるまで続けて、ひと心地つくのだ。

降ってわいた困惑を、なだめ、調える術（すべ）が、花占いだったのだろうか？

すべての恋心には、好きと嫌いが入っている。太陽と月のごとく。

思いかえしてみれば、子どものわたしが知らなかったのは、「第三の場所」だった。

好きと嫌いがダンスしている？　あれあれ、なんて面白いんだろう、こんなの初めて見るなあ、とわくわく眺める観客席。

心のなかにそんな場所を持っていて、気の向いたときにすわれたらラクちんだったろう。

キンモクセイ散歩

ああ、美味しい。

冷たく澄んで、かぐわしい大気。

窓から顔をつきだし、深呼吸する。

どこかの庭先の仄暗(ほのぐら)い葉陰に、あの小さな十字形の花が咲いているのだ。ひとつふたつ光る粒。あるいは橙色に輝く果物みたいにびっしりと。

鼻をくんくんさせながら、通りを歩く。

あ、これ？　きょろきょろする。

ん、どこ？　歩行は蛇行に、蛇行は凝視に。この季節でなければ気づかず通り過ぎてしまうひっそりした立ち姿。

大学の裏門にさしかかる。キャンパスの片隅に、見上げるほどの巨木があった。こんもりした黒い繁みに近づいてゆく。遠目にも見える、見える。黄色い花が点々とついている。

木の下には、お母さんのスカートみたいな丸い影ができていた。金木犀の名前は、樹皮が犀(さい)の皮膚に似ているところからついたという。たしかに、根っこのところが犀の足に似ていなくもない。

香りの波が、上方からどんどん降りてくる。降りてくるのは、香りだけではないらしい。あまり気持ちがいいので、いつまでもぽかんと口をあけて見上げている。

子どものころ、木の下は、家のように感じられた。根元に布を広げ、腰を下ろしたら、そこはもうわが家だった。

魔法は布だったろうか、それとも木？　いや、ふたつの組み合わせにあったにちがいない。木の下でこまごま手を動かし、お母さんごっこをやっていたころ、「キンモクセイ香水」を思いついたことがある。

そうだ、あの花をいっぱい集めて、小瓶に閉じ込めよう。水を入れて暗闇に置いておけばいい！

天啓みたいなこのひらめきは、一カ月後、無残な落胆に終わった。押入れから取りだした小瓶は茶色に濁り、蓋を開けるとドブみたいな匂いがした。

いまなら、と思案する。瓶の半分くらいまで花を詰めたあと、水ではなく、無水エタノールを入れるだろう。ひと月かふた月して、うっすら金色の液体になったところで花を漉す。それから精製水を少し加え、スプレーボトルに詰めればルームコロンのできあがり。

はたしてどんな香りがするだろう？

パティシエの友人は、雨あがりにキンモクセイの花を集め、シロップ漬けをつくるらしい。

レシピを尋ねてみたら、こんな返事がかえってきた。

「二五〇グラムの水、一〇〇グラムのグラニュー糖、一個ぶんのレモン果汁を沸騰させたところに、ひたひたにかぶるくらいの分量の花を入れます。ひと手間かけて花の軸を取ると、口あたりが良くなりますよ」

紅茶に垂らしたり、パンケーキやヨーグルトにかけたり、マドレーヌに混ぜ込んだり……。「キンモクセイのシロップ漬け」は、目と鼻と口を喜ばせてくれる一品になりそうだ。


咲いた、と思ったら香りが消え去り、しばらくしてまた香りだす年がある。初めは気のせいかなと思っていたが、度重なるうちに、二度咲きしていることに気がついた。

近年の温暖化や気候変動に伴う気温の急激な変化が引き金になっているというが、本当のところはどうだろう？

チャンスが二回？

としたら、香水とシロップ漬け。今年あたり、両方つくってみようか。

この世あそび

「子どものころ、目が覚めて、雪が降っていることは、布団のなかでもすぐにわかった」

と、北国生まれの友人は言う。

ただ、静かというのではない。

音が消えている。

布団をそっと持ちあげる。枕もとにころがっている褞袍（どてら）に袖をとおし、抜き足差し足……。

窓の前に立ち、カーテンをするすると引っぱると、この世劇場の始まりだった。

まっすぐに落ちてくる雪、雪、雪……。灰色の空のどこから湧いてくるのか、黒々した木立を背景につぎつぎ降りかかってくる白いかけらを見ていると、友人の素足はふわりと地面を離れ、からだごとどんどん昇ってゆく。

窓辺でぴんと背筋を伸ばし、空を睨んでいる子どもは、傍目（はため）にどんなふうに見えただろう？

果てしない旅のまっただなかであることが、大人の目に知れることはなかっただろう。

その話を聞いて嬉しくなったのは、じぶんも似たようなことをやっていたからだ。
七、八歳のころ、門柱の上に登るのが好きだった。
御影石の門柱は石垣を積んだ敷地の隅っこにあったから、てっぺんに立つと、道路までの高さに目がくらんだ。そろそろしゃがみこんで、体育座りになった。

山から下ってきた道がまっすぐ海に向かっていく。坂道を行き交う人たちは、だれも気づかない。こんなに目立つ場所はないだろうに、人の目は「ないはず」のものは見えない仕組みになっているのか。じぶんが隠れ頭巾をかぶっているか、猫にでもなった気がしたものだ。

人通りが途絶えると、空が間近に感じられた。

膝を抱え、頭を後ろにがくっと倒す。白い雲が流れてくる。やってきては去っていく。そうやってずっと見あげていると、空を進んでいく舟になった心地がした。

友人は垂直移動、わたしは水平移動。違いはあるものの、やっていることは同じだった。


シューマンのピアノ組曲に「子どもの情景」というのがある。全十三曲のどれもが短くて、ユニークなタイトルがついている。「不思議なお話」、「おねだり」、「トロイメライ（夢）」、「むきになって」……。最初の曲はというと、「見知らぬ国々、見知らぬ人々」だった。ときに「異国から」と訳されることもあるらしい。

子どもは異国からやってくる。

この世は言わば、見知らぬ国々、見知らぬ人々。

そのせいだったろうか。小さいころをふり返ると、いつもどこかで世界の手触りをたしかめていた気がする。

扇風機に顔を近づけて、ひとりお喋りをした。カーテンにこっそりくるまって、くるくる回る「蓑虫」になった。耳をふさいで声をだした。歌いながら口をたたいた。カレーにとりかかる前は、必ずスプーンに顔を映した。コップの底のジュースは、叱られるのを承知でブクブク泡立てた——。

ああ、どれもやらなくなってしまったなと思いつつ、いまもこっそりやっていることに思いあたった。

セーターを脱ぐとき、裏返った服のなかにちょこっと逗留して、網目ごしの細かな光を眺めている。

似ていない

便箋を切らして、買いに出た。

わたしが週末を過ごす山小屋のあたりは、人家もまばら。二〇分ほど車を走らせればスーパーやドラッグストアがあるが、文具が置かれているとしても限られている。急ぎお礼をしためたいが、メールもラインも無縁の相手となれば、紙による伝達方法しかない。はてさて……。

車に乗り込みながら、ひらめいた。

ときどき通りかかる道を曲がった先に、ぽつんと小さな文具店ができていたのだった。

そうだ、あそこなら、すてきな便箋が見つかりそうだ。

マニアックなノートやヴィンテージの万年筆、イタリア製の紙も売られていた。

そぼ降る雨のなかを走りだしたものの、ふと心配になった。時計の針は五時半をさしている。閉店の時間かもしれない。


薄暗い木立のなかに、電球の灯りが点いていた。

傘をたたんで、木戸を押す。軋(きし)み音とともに、クラヴィコードの音がこぼれてきた。

小さな鉱物がたくさん並べられた棚の前に、赤いギンガムチェックのシャツを着た店主が座っている。閉店は六時という。間に合った。

象、船、花、塔、鳥……。封筒やカードにあしらわれたレトロな意匠は、古書や博物画から店主が起こした手彫りの版によるらしい。あ、生命の樹？　力強い線が美しい。

「これください」便箋をカウンターに差しだした。

店主の背後のドアが、ふいにギイッと開いた。

人影が見えないのを不思議に思い、ちょっと背伸びをすると、小さな女の子が立っている。紫色のワンピース。四歳くらいだろうか。

「こんにちは」と声をかけた。

返事がない。

「お父さんによく似てるね」

そう言うと、とたんに厳しい顔になり、「のんのん」と言った。

えっ、フランス語？と内心慌て、「だれに似てるかな？　お母さん？」と返してみた。

「似ていない」

「のんのん」

大きな目に睨みつけられ、たじたじとなる。

店主によると、女の子の愛称であるらしい。

「のんのんはのんのんのん」

そうか、のんのんはのんのんにしか似ていないのだ。

カールした髪の毛にピンク色のほっぺ。

「可愛いね」

言わなくてもいいことをまた言ってしまったと気づいたが、遅かった。

「可愛くない」

ますます睨みつけられた。

「可愛くないんだね？」

女の子はやっとこっくりうなずき、ドアの後ろに姿を消した。

店主が話してくれたところでは、「髪がくるくるだね」と言って彼女の逆鱗に触れるお客がたくさんいるらしい。


包んでもらったばかりの便箋を助手席に投げだし、車を走らせながら、笑いが湧いてきた。もしかしたら、子どものころのじぶんも、のんのんみたいだったかもしれない。子どもっぽい子どもではまるでなかった。大人びていた。年老いていた。いつも憤っていたのだ。子ども扱いして、おかしなもの言いばかりする大人たちに。

そして、じぶんが気に入っていることには、とても忠実だった。

巻き寿司の中身は最初に抜きとって食べた。ポークチョップは細かく切って千切りキャベツと混ぜ合わせた。ハムにソースをつけて、あつあつご飯をくるんで食べるのが好きだった！

何十年もやっていない風変わりな食べ方を、のんのんのおかげで、いま思いだしたのだった。

窓に顔をつけて

雨が降る。世界を濡らし、ぼうっと滲（にじ）ませ、灰色に塗り込めて降る。子どものころ、雨が降ると、いつも窓に顔をつけていた。パジャマのまま、裸足のまま、じっとして。

何かを見ていたのだろうか？

いや、からだが窓の一部のようになっているのだった。無数の水滴がふくらみ、光り、流れる。風景が流れる。葉裏を打つ音、樋を伝う音、屋根を叩く音を、からだ全体で聴いていた。

ソール・ライターの写真を見たとき、子どものころのこの感覚を思いだした。カフェの窓、グロッサリーの窓、タクシーの窓、バーの窓、バスの窓……。どこにでもある街角の、どこにでもある窓の向こうに広がっている景色。

何が映っている、というわけではない。下向きの、横向きの、後ろ向きの人物、あるいは人影……。傘、天幕、看板に切り取られた隙間、余白が、遠い視線で写されている。

五〇年代のニューヨーク。第一線のファッションカメラマンとして『エル』や『ヴォーグ』

に写真を掲載しながら、日々の暮らしのなかで、個人的に撮りためられたカラーポジフィルム。

「雨粒に包まれた窓の方が、私にとっては有名人の写真より面白い」

と、ソール・ライターは言った。

「自分が今何を見ているのか確かでない時が好きだ。何故、私たちがそれを見つめているかが分からず、ふいに見えはじめた何かを発見する。この混乱が好きなのだ」

彼にとって写真は発見であり、その醍醐味は、むしろ見つけられる前の不分明、予感のうちにあったのだ。


わからないことに囲まれて、知識も力もお金もなく、予感だけはあり余るほど持ち、どれもこれも言葉にできないまま生きていた子ども時代。

世界はいまよりずっと広大で、不思議に満ちていた。

夜、家族でどこかに出かけた帰り道、電車に揺られながら、あちらの窓、こちらの窓に月が現れることに狼狽した。

手を引かれて歩きだし、辻を曲がり、幾度となく向きを変えても、月はかならず待ち伏せしているのだった。

「どうしてお月さんついてくるの?」

そう尋ねたわたしの顔はこわばっていただろう。

親はいつも「遠いから」と答えたが、子どものわたしには、その意味するところは不明だった。

月はずっとストーカーのままで、あやしく照り輝き、やたらにでかい顔で迫ってきた。

大人になったいま、月は、満月であり三日月であり、上弦、下弦であり、空の形象、記号と化しているようである。

なにもかも言葉にできるような気になって、ただ「見たい」ものを見ているに過ぎないのだろう。

細切れの時間のなかで、見る対象は、単なる情報になっていく。伝え、発信されるための素材になっていく。

窓に顔をつけて眺めている。

ただ体験しているとしたら、それが珠玉だ。

第四章 ＊ 世界が答える

花を束ねる

花を摘む。かがんで、手を伸ばして、揺れる赤、白、黄色を摘む。

空をツンツン指している咲き姿、地面に寝そべって太陽を追いかけている姿。ギザギザの葉っぱ、丸い葉っぱ。八重の花びら、五弁の小花。

一本摘んでは、また一本。

親指と人差し指がつくる輪っかのなかにおさめていく。そうして庭を歩きまわるうち、花の束、草の束ができている。

顔を近づける。鼻をくすぐる草のさわさわ、花の匂い。

どれくらい昔から、人はこんなふうに草花を摘み、束ねてきたのだろう？

祭りに、儀式に、告白に、祝いに、弔いに。そして何気ない日常のひとこまに。歴史をわざわざたどるまでもなく、花は連綿と、人の暮らしとともにあっただろう。

つぼみをつけ、ふくらみ、ひらき、風に揺られ、沈黙のうちに、散ってゆく。ほんのひと朝、あるいは昼下がりの数時間、数日だけの美しさ。

中世ヨーロッパでは、香り草を入れた小さな花束は「タッジーマッジー（Tussie-Mussie）」と呼ばれたらしい。鼻が喜ぶから「ノーズゲイ（Nosegay）」とも言われ、さかんにつくられ、身につけられたり、贈りものにされたという。

そういえば、古い肖像画の人物は、よく小さな花束を手にしていたような……。


「花束をつくるときは、ヴァイオリンを弾くように」と聞いたことがある。左手の輪っかが楽器、手にした一本の花が弓とすれば、音を鳴らすときの角度でおさめていくと、スパイラルを描いてきれいなかたちに仕上がるという。そのまま端を切り落とせば、自立する花束に。

「花束は、チョウチョがとまりたくなるように」と耳にしたこともある。

高さ、低さをつけるということ。あいだの空間、余白を大切にするということ。

ヴァイオリンやチョウチョの喩えは、花を束ねるプロたちの表現だが、奥が深い。


花束は、見る音楽だな、と思う。

べつべつに咲いていた花たちが集まり、響き合い、引き立て合う。色が、形が、出合い、奏でる。無造作に束ねられた、ただそれだけなのに、生まれたばかりの姿のように輝いている。

家のなかに、花束を飾る。

大きな飴釉(あめゆう)のピッチャーにざっくりと。こぼれた花は、小さなガラスの猪口や瓶に一本ずつ。

家が、ふと大きなため息をついたように感じられる。

花たちがやってきて、庭が経糸、家が横糸になり、やっと一枚の布が織りあがりましたというように。

ヘルマン・ヘッセは、百日草の花束の魅力を描写するのに、五十行！も費やしている。『庭仕事の愉しみ』から、一部を紹介すると……。

切り取ったばかりの一ダースもの多種多様な色彩の百日草ほど晴れやかで、はつらつとしたものはありません。この花の色彩はもう強烈に内部から輝きを発し、色彩そのものが歓声をあげているのです。この上もなく派手な黄色と橙色、無類に陽気な赤と比類なく素晴らしい赤紫色、それらは、よく素朴な田舎娘のリボンや日曜日の民族衣裳の色のように見えることもあります。

小説家や詩人を名乗るより、画家や庭師を自称することを好んだヘッセらしい。

さっと大風

洗ったばかりのお皿を水切りに上げる。八寸の古伊万里。パスタやカレーを入れるのにちょうどいい大きさで、何を載せても映えるので、ふだん使いに重宝している。

明治初期の型紙印判。放射状に散らばる丸窓を細かい藍色模様が埋めている。

骨董屋で見つけたとき、店の人が新聞紙に包みながら教えてくれた。

「この人は小野道風(おののとうふう)ですよ」

皿の真ん中に、傘をさした人物が立っている。

平安の貴族で書道家の？　そういえば、花札の絵柄にもあった、と思いだした。

人物のそばに、そよぐ柳の枝、躍りあがっている生きものが描かれている。わたしの目にはミジンコにしか見えないが、アマガエルであるらしい。

ある雨の日、道風は散歩に出る。なかなかいい字が書けず、じぶんには書道の才能がないと思い悩みながら、川端を通りかかると、一匹の蛙が柳の枝めがけて飛び跳ねているところだった。何度試みても失敗する。こんなに離れていては届くはずもないのだ。

「馬鹿か、こいつは」と思ったとたん、さっと大風が吹き、蛙は枝に飛び移った。

「馬鹿なのは俺だった」と道風は悟る。そんな逸話だった。

さっと大風。人の思惑を超えた宇宙のはからい。

それをとらえるのは、「井の中の蛙」とか「蛙の願立て」とか、視野や了見の狭い者の喩えにだされる小さな生きもの、というのもおもしろい。

「蛙鳴蟬噪（あめいせんそう）」という言葉を辞書で引いてみると、「騒がしいばかりで何の役にも立たないこと。無駄な言いまわしが多くて、内容が乏しいこと」などと書かれているから、ずいぶん軽んじられているのだ。

蛙鳴を聞きたくて、八島（やしま）湿原に出かけて行ったことがある。長野県の霧ヶ峰北西に位置する高層湿原。上空から見ると、きれいなハート形をしているせいで、恋人たちの「聖地」になっているらしい。たくさんのシュレーゲルアオガエルが棲息していて、その美しい合唱は、環境省がつくった「残したい〝日本の音風景１００選〟」にも入っているという。

ビーナスラインに車を走らせ、日陰のない木道を半日ばかり歩きまわったが、聞こえてくるのは、小鳥のさえずりばかりだった。猛暑到来が伝えられていたから、六月末ではすでに遅かったのかもしれない。

同じ六月、思いもかけず出合った、忘れがたい蛙鳴もある。

おへんろで徳島を歩いていたときのこと。夕刻にたどり着いた十一番札所・藤井寺の境内は、この世のものとも思えない甲高い声で満たされていた。

フィーフィーヒュヒュヒュヒューイヒュイヒュイッ……

拡声器から響いてくるような大音量である。お寺が効果音でも流しているのだろうかと訝しみつつ、ご本尊の薬師如来を拝んで戻りかけ、小さな池にさしかかった。と、声は間遠になり、ぴたりと止んでしまった。

納経所で尋ねると、「蛙ですよ」と言う。そんな馬鹿な、と呟いてしまったが、馬鹿なのはわたしだった。

お寺の人によると、カジカガエルだという。雄たちが自前の拡声器である鳴嚢(めいのう)をふくらませ震わせて、遠くにいる雌たちを呼んでいる。鹿のような声で鳴くから、「河鹿」と書いてカジカと読む。

これまでずっと蛙の合唱と思いなしていたものとは似ても似つかない、なんとも不思議な声だった。

リンゴ・スター

どっさり林檎が入った袋を持って、友だちが遊びに来た。

赤い玉、黄色い玉、大玉、小玉、葉っぱつき……。林檎農家に嫁いだ彼女は、サンタクロースよろしく袋の中身をテーブルの上に載せてゆく。

これが秋映、これは陽光、これがほのか、王林、こうとく、紅玉。色も形も違う玉が品種別に並べられると、さながら点描画になった。全部で三十三個！

つやつや輝く、持ち重りのする玉に鼻をつけ、くんくん匂いをかぐ。初生り、走り物、初物。はつもの、とひらがなで書くと、幽かな尊さが伝わってくる。

昔の人は「はつものを食べると寿命が七十五日延びる」と言った。七十五日といえば、二カ月半。なんだか妙な具体性である。人の心に残るのは、あんがいこういう細部かもしれない。

「どれかな、蜜が入ってるのは？」

友だちの指が、林檎から林檎へさまよう。

「どうやって見つけるの？」

「うん、光センサーの機械もあるけど……。人の目でもわかるんだよ」

彼女はひとつ取りあげると、くるりと裏返した。蜜入り林檎を見つけるポイントは、黄色味がかった、丸みのあるお尻だという。

「ほら、こうして、光に透かしてもわかるよ」

友だちは窓辺でかざして見せたが、素人の哀しさでよくわからない。日々、何百もの林檎に触れている人ならではのスキルだろう。

これ、と彼女が差しだした玉を流しで洗って、切ろうとしたら、止められた。

「輪切りにしようよ」

林檎といえば、櫛切りでしか食べたことがないわたしは、驚いた。

「え、種ごと？」

「うん。家では、よくするよ」

言われるとおり、水平に薄くスライスする。

切りたての一枚をつまみあげた。

「わあ、星入り！」

透きとおった蜜の部分が、五芒星(ごぼうせい)のステンドグラスみたいに輝いている。

続いて手渡された玉を切ってみると、断面に浮かびあがったのは花だった。真ん中に散らばる五つの種は、さながら花芯。五弁の花から生まれた果実のなかに、もうひとつ五弁の花が隠されている。自然が用意したマトリョーシカだ。

わたしたちは、星だ、花だ、と言いながら、手に手にスライスを取って囓りはじめた。

蜜入り林檎の「蜜」とは、果肉のなかに蓄えられた甘味成分が飽和状態になり、細胞と細胞の間に溢れだした現象であるらしい。すなわち完熟の状態。口いっぱいに広がるかぐわしさに、喜びがいや増すのは言うまでもない。

一枚一枚、光に透かして食べ続けながら、八木重吉の「果物（くだもの）」という詩が浮かんできた。

秋になると
果物はなにもかも忘れてしまって
うっとりと実（み）のってゆくらしい

たった三行の詩でありながら、なぜか心に残るのは、果物の秘密がそっと耳うちされるからだ。

春の嵐、夏の日照りにも耐え、たゆまなく樹液をめぐらせ、見えないところではたらきつづける。そうした過去の献身、苦難が雲散霧消する。いまはただ、何でもない様子でそれが起こる。奇跡が成る。

つくづく手のなかの星を眺める。

「リンゴ・スター！」

と呟いたら、ひとり笑いが湧いてくる。

世界が答える

蜘蛛（くも）が巣をつくるとき、最初の一本はどうやって張られるのだろう？

そんなことを考えたのは、今朝、庭を横切ろうとして、馬鹿でかい巣に出くわしたからだった。

飛び退いて、目を疑った。十メートルほど離れている木と木のあいだに、テグスのごとき糸が水平に渡されている。その真ん中に張られた堂々たる同心円。

この途方もない大きさは、人間でも捕まえる気であろうか？　壊してしまうのもはばかられ、いちいち腰をかがめてやり過ごすことになる。完全なる気迫負け。

調べてみて驚いた。

一本めの糸は、風まかせらしい。すなわち、あてずっぽう。

蜘蛛がお腹から出した糸を、たまたま吹きつけてきた風が十メートル先の木まで飛ばしたのだ。

蜘蛛としても、それほどの大風呂敷を広げるつもりはなかったかもしれない。が、そこは乗りかかった船。長く張られた糸をせわしなく往復して、丈夫で太い糸に鍛えあげた。

彼もしくは彼女の、あるいは生涯最大の作品かもしれない。風がくれたチャンスを生かせたのは、相応の体力、技量があったからだろう。

当人の姿がどこにも見あたらないのは、力尽きてしまったのか？　それとも木の繁みからこちらをうかがっているのか？

風まかせの話で、わたしのなかの蜘蛛の好感度は、ぐぐっと上がった。というのも、じぶんがいつでも出たとこ勝負、アドリブで生きているので、持ち前の周到さと計画性を発揮して、あの精緻な幾何学模様をつくりあげる蜘蛛に、ある種の羨望を抱いていたのである。

なんだ、風まかせ？　他力かい？

肩透かしを食らいつつ、口許がゆるむ。ギャップ萌えというやつであろうか。


ときどき、「あてずっぽう」について考えることがある。

この言葉を辞書で引くと、「根拠や目当てなしに事を行うさま」と書かれている。

根拠と目当てがない、ということは、自我のはたらきからいったん離れ、委ねることだ。おまかせします、どうぞお好きなようにしてください、という態度。

本屋で本を買う。あてずっぽうに買う。

見知らぬ町を歩く。あてずっぽうに歩く。

ワインを選ぶ。あてずっぽうにラベルの色柄から選ぶ。

詩集をひらく。あてずっぽうにひらいた頁にある言葉を読む。

何かを受けとるとき、贈るとき、あてずっぽうというのは、じっさい智慧に満ちた優雅な方法ではないだろうか？

そこには、未知がある。驚き、発見がある。問いにたいする答は、自分ではなく、世界のほうから返ってくるのだ。そのとき生は、応答になっている。

いつでも主導権の手綱を握りしめ、問うのも自分、答えるのも自分というやり方を繰り返していると、いつのまにか狭いところで同じように生きているだけになるかもしれない……。

つらつらそんなことを考えていたのだった。

蜘蛛はあてずっぽうに糸を出す。糸は、風に生命を吹き込まれて飛んでゆく。蜘蛛はそれを使って網を張りめぐらす。こんなふうかな？　こんなふうじゃない？

巣ができあがる。明け方の空が、糸の一本一本に輝く朝露の縁どりをつける。小鳥が歌いはじめる。蜜蜂の羽音が大きくなる。

餌がかかった。蜘蛛は朝食にとりかかる。

そんなふうだよ。そんなふうじゃない？

風は揺らせながら、答えるだろうか。

レンズ雲

仕事に没頭しているうち、あっという間に暗くなってしまった。最高の散歩日和だったのに！　ああ、もったいない、とドアを開けて走りでると、西の空はまだ明るかった。低い空の残照が見えるように、山に向かって歩いてゆく。急坂にさしかかったところで、美しい雲が目に飛び込んできた。大きく、なめらかで、真っ白に輝いている。見れば見るほど、惹きつけられる。目を離さないで、歩き続ける。

まるで光り輝く大陸だ。そっくり同じかたちの雲が上にあるせいで、大地と空がいっしょに浮かんでいるように見える。あの世みたい、とふと思う。

雲を眺めることは、山麓に暮らす喜びのひとつだ。標高が高いぶん、雲が近い。風が強い日は、今日のようなすべすべのレンズ雲が生まれる。吊るし雲とも呼ばれ、山を越えてゆく大気の流れが生みだす風下山岳波という波動に伴って発生するらしい。

レンズ雲の名は、もともと「小さなひら豆（レンティル）」からきているという。たしかに平べったく愛らしいかたち。ＵＦＯそっくりなの、飛行船みたいなの、ぐんぐん伸びて天使の翼みたいに輝くものもある。

見ているうちに消えてしまうことも多いが、今日はずっと滞空して、どんどん色合を変えてゆく。

子どものころ、よく雲を眺めていた。遊びながら、日暮れどき、家に帰る道すがら。雲は、いつも「生きている」ことの不思議を思いださせた。

ここはどこで、いまはいつで、わたしはだれかという、ふだんわかりきっているはずのことが薄れてしまい、雲のかたち、色が、心いっぱいに広がり、滲んでしまうのだった。

いまはもうそんなふうではないけれど、雲がうつりかわり、消えてゆくさまを見ると、「過ぎてゆく」ことの不思議を思う。

なにもかもが過ぎてゆく。いつのまにか過ぎてゆく。なんだろう、これは？　こんなものだろうか、と立ちどまる。

映画「フォレスト・ガンプ／一期一会」のなかに、忘れがたい言葉があった。

トム・ハンクス演じるフォレストが、バス停のベンチにすわって人生をふり返る。

「母さんはいつも言ってた。人生はチョコレートの詰め合わせみたいなもの。あなたが何を手にするか、その時までわからない」

蓋を開けて、初めてわかる。色もかたちもさまざまな粒が輝いている。手にとって味わう。甘さ、酸っぱさ、苦さ、芳しさ。ひとつ、またひとつと食べすすむうち、いつのまにか箱の中身が減っている。

だれが食べたのだろう？と思う。最初からちょっぴりだったとか？　だれかにさらわれたとか？　ほかでもないじぶんが食べたのだが、あまり夢中になっていたので、ことさら自覚しなかったのだ。

夢のなかで、目覚めるのはむずかしい。

そういえば、雲の詩をたくさん書いた詩人がいたっけ、と思いだす。

山村暮鳥（ぼちょう）が四十歳で亡くなる前、最後につくった詩集のタイトルも『雲』だった。

そのなかの一篇、「ある時」。

雲もまた自分のやうだ
自分のやうに
すつかり途方にくれてゐるのだ
あまりにあまりにひろすぎる
涯（はて）のない蒼空なので
おう老子よ
こんなときだ
にこにことして
ひよつこりとでてきませんか

庭の時間

庭の時間は、どうなっているのだろう？

一時間なんて目をつむる間、二、三時間なんてほんのひとときに感じられる。

無窮の海原で生きていたような幼年時代でさえ、庭の時間が家の中で流れている時間とはまるきり違っていることを知っていたような気がする。

たとえて言えば、龍宮城の浦島太郎、うさぎ穴に落ちたアリス？

庭に出るたび、何度も落ちてしまう。そして、しばらく戻って来ない。


なにをしていたの？と夫に聞かれ、言葉に詰まる。

えっ、雑草抜き。それから……剪定。と答えるものの、腑に落ちない。

相手も同じ気持ちらしく、ふうん、と唸っている。

彼にしてみれば、わたしは緑のなかに埋もれている点で、それが窓から見るたび、ときどき移動している、というのに過ぎない。

わたしは大急ぎでつけ加える。この時期の雑草ときたら、すごいんだよ、きりがないよ！

蜘蛛の巣のついた帽子、干し草のついたズボン、真っ黒の指先がその証拠らしい。

が、ひそかに思う。

ほんとは、なにをしてたんだろう？


そう、「落とし文」を拾ったのだった。

ハンノキの下にひとつ、ふたつ、みっつ……。つぎつぎ見つけて、大きな蕗(ふき)の葉っぱに載せたら、全部で八つもあった！

細い葉巻みたいなのや、ぴょんと軸の飛びでたの、端っこを折り曲げて閉じてあるもの。外見は微妙に違っているが、全部ハンノキの葉っぱでつくられているようだ。

いったい、だれの落としものかな？　オトシブミ？　それともチョッキリ？

誘惑に負けて、こわごわひとつを開いてみたら、むむ、空っぽだった！　ふう、安堵。幼虫がでてきたら、大急ぎで閉じるつもりだった。


オトシブミは、ゾウムシの仲間らしい。ぴかぴか光る赤いチョッキを着た小さな虫が、ハンノキの木陰を歩きまわっているのを見たことがある。

「落とし文」のつくり方はというと、こんな具合。雌が葉の真ん中に切目を入れ、二つ折りにする。ちょっと巻きあげたところで葉を噛んで穴を開け、排卵。それから上まで巻きあげ、根元をちょん切って出来あがり。一個つくるのに一時間以上かかるという。わざわざ切って落とすのは、鳥など捕食者の襲撃や、木自体からの反撃を免れるためらしい。

いつだったか、散歩をしているとき、大きな男の人の掌くらいの葉っぱが、端っこからきっちり丹念に巻きあげられているのを見かけた。あんな小さな虫がどうやって?と目を疑った。なんでも彼らは、目星をつけた葉っぱの葉脈をところどころ囓って萎れさせ、巻きやすくしておくらしい。大胆は細心に支えられているのだ。

卵からかえったオトシブミの幼虫は、葉っぱの揺籃(ようらん)を内側から食べて成長し、二週間でサナギに、その後五日ほどで成虫になって外に出てくるという。

食糧庫と寝床を兼ねたカプセルは、母親から生まれてくる子どもへの贈りものなのだ。

人間の「落とし文」はというと、恋文や秘密の文書を巻物にしたため、その人物が通りかかりそうな場所に落としておくというものである。江戸時代まで行われていたというが、計画的とはいえ、あてずっぽう? おおらかというか、向こう見ずというか。

人間の「文(ふみ)」が拾われることを想定しているのに対し、虫の「文」は拾われないことを前提にしている。反対でありながら、どちらも世界への信頼を感じさせるようなのが、奥ゆかしい。

とうすみ蜻蛉

あ、イトトンボ、と思ったら、波打つススキに身を添わせるように、すっととまった。翅をたたんだまっすぐの細身。葉とひとつになって揺れている。

翅を広げてとまるのが〝ドラゴン〟フライ。翅をたたんでとまるのが〝ダムゼル〟フライ。英語では、イトトンボは勇猛な龍でなく、高貴な生まれの娘に喩えられる。

目の前のススキを離れた。と思うまもなく、花鋏を持っているわたしの手の甲に着地した。複眼、胸、腹の先っぽの水色を、翅の暗褐色が引き立てている。アオモンイトトンボだろうか。ふわっと浮かびあがる。が、それも束の間、指の関節にとまり直した。太陽が少しずつ弱くなってくる季節、人肌の温もりが気持ちいいのかもしれない。

イトトンボが別名「とうすみ蜻蛉」と呼ばれていることは、小野十三郎の詩で知った。「葦の地方」という詩のなかの二行。

寒い透きとほる晩秋の陽の中を
ユーフアウシヤのやうなとうすみ蜻蛉が風に流され

ユーファウシャとはオキアミのこと。薄紙のように重ねられた比喩が忘れがたい一篇だった。

「とうすみ」は、灯心。とうしん蜻蛉、とうしみ蜻蛉とも呼ばれるらしい。油に浸して使われるあの細い糸に譬えた、古人（いにしえびと）の想像力。

ベニイトトンボ、キイトトンボ、アオイトトンボ、クロイトトンボ……。赤、黄、青、黒、さまざまな色糸が、空に消えかかる軌跡を描く。

ときどき二本連なっているのが、おもしろい。イトトンボの雄は雌の胸を捕えて連結するので、交尾においてはきれいなハート形を、産卵ではM形をかたちづくる。

秋晴れのひと日、運が良ければ、水辺や草地に散らばるたくさんのハートやMを見ることができるかもしれない。

ほとんどは卵や幼虫の姿で越冬するが、成虫のまま越冬するものもある。オツネントンボだ。

「オツネン」は、越年。すみからすみまで茶色のせいで、葉を落とした枝や枯草にとまっていると完全な保護色になる。糸のような細さと相まって、滅多に気づかれることはない。

トンボの寿命がふつう成虫で二カ月ほどなのに対し、オツネントンボは春に交尾をすませるまで成虫で十カ月生きるらしい。ずいぶん長生きなのだ。

とはいえ、それは厳しい冬を無事に生き延びられた場合の話。個体の多くは捕食や冬眠の中断などの事故で命を落とすという。

朝の冷え込みが身にしみるようになると、窓を開けるのが億劫になる。寒さのためではない、越冬者のためだ。

ふだん開けない窓を換気のためにうっかり開くと、どきりとさせられる。窓縁の溝にびっしり並んだ地味な痩身。見なかったふりをしてそうっと閉じるが、あの薄い翅、体を損なわずにいられたかどうか……。

少しでも温もりのある家に身を寄せて……という作戦だろうか。それにしても、固く閉ざされた窓にいったいどうやって入りこむのだろう？

冬の朝、ベッドから抜けだして、窓のそばを通りかかる。床の上に丸くなった「糸くず」が落ちている。干からびて、限りなく糸そのものになったオツネントンボ。

英語では、"Winter Damsel" と呼ばれる。

儚（はかな）さが、胸にしみる。

たくさんの白

北原白秋の詩のなかで、後半生のものが好きだ。じぶんの名前にある「白」を、晩年このんで詩のタイトルにつけた。「白鷺」「白牡丹」「白蛾」……。ずばり「白」という詩もある。

目ざましきもの、花辛夷(はなこぶし)、
白き胸毛(むなげ)の百千鳥(ももちどり)。
夏は岩が根、白牡丹(しろぼたん)、
百光(びやくくわう) 放つ番(つが)ひ鳩。
秋は月夜の白かんば、
白き鹿立つ杣(そま)の霧。

へうと飛びゆく雲は冬、

鶴に身をかる幻術師。
何か坐(ま)します、山の秀(ほ)に、
雪の気韻は澄みのぼる。

自然界に散らばるたくさんの白が、謳われる。めざましき、清々しき、かそけき白……。際立つのは、とりをつとめる雪山の白だ。

日本には、「駒ヶ岳(こまがたけ)」という名前の山が二十もあるらしい。

甲斐駒ケ岳、木曾駒ヶ岳、会津駒ケ岳、越後駒ケ岳、秋田駒ヶ岳……。多くが地名を冠して呼びならわされているのは、混同を避けるためだろう。

「駒／馬」の連想がはたらくのは、雪をかぶっている季節にちがいない。とりわけ冬の朝、曙光にかがやく雲をたなびかせた連山に、駆けてゆく白馬たちを感じることがある。

信州「白馬岳(しろうまだけ)」の名は、春の雪解けで露出した岩肌が馬の形に見えるところからついたという。山を見あげる村々では、折しも代掻き(しろか)馬が働きはじめる季節。「代馬」と書いて「しろうま」と読ませたのが、「白馬」に転じたらしい。

雪の消え具合によって現れる形は「雪形」と呼ばれる。残った雪の形と、雪が溶けたあとの山肌の形。ポジとネガ、すなわち白い馬と黒い馬がある。白馬岳は後者のほうだった。

わたしが週末を過ごす八ヶ岳南麓では、十二月ごろになると、編笠山の南斜面に白馬が現れる。初めて気づいたときは驚いた。二本足で躍りあがっている姿。黒い山肌にくっきりとエンブレムみたいに浮かびあがっている。

眺める場所によって微妙に形を変えるせいだろう、地元では「白馬」のほかに「ピューマ」とも呼ばれ、昔から種まきなど農作業の時期を決めるのに役立てられてきたらしい。森のなかのひらけた場所に雪が積もってできたもので、先の例でいうと前者のほうの雪形だ。

雪形の様子からその年の豊作、凶作を占うことは「雪占（ゆきうら）」と呼ばれる。

雪占が残っていた時代の雪形で思いだされるのは、小川未明（みめい）の「牛女（うしおんな）」というお話だ。子どものころ読んで、妙に心に残った。「赤い蠟燭と人魚」より好きだった。

村にひとりの大女が暮らしている。いつでも黒い服を着て、男の子の手を引き、のそりのそりと歩いていくさまは異様で、「牛女」と呼ばれるようになった。牛女は言葉がしゃべれず、耳が聞こえなかった。大変な力持ちだったので、力仕事で得たお金で暮らしを立てていたが、病気になり死んでしまう。村人たちは不憫に思い、かわるがわる子どもを引きとって育てた。

ある冬の日、子どもは雪山の山腹に黒く浮きだした母親の姿を見つける。毎日のように村はずれに立ち彼方の山を眺めている子どもに気づいた村人たちは、雪形を見て「牛女！　牛女！」と騒ぎ、「子どものことを思って、あの山に現れたのだろう」ともちきりになった――。

雪形と村人と子どもをめぐってお話は紡がれてゆく。大人になった子どもは故郷の村に林檎畑をつくった。雪が降ったように、いちめん白い花が咲く。せつないのに、ほんのり温かい。やわらかく、儚い。未明的世界のみごとな結晶だった。

小気味いい

どっさり雪が降った。

朝、膝までの長靴をはいて庭に出る。

ひとつらなりの白銀に、足がすくむ。一歩踏みだせば、明々白々のじぶんの痕跡がついてしまう。

えいっとばかり足を振りだし、ズボッと沈む。一歩、一歩。足を抜くことに苦労しながら、そのうち馴れて、シャクシャク音を立てて歩きまわり、玄関デッキに戻ってくると、五センチくらい背が高くなっていた。

雪のヒールをはいている！

何度踏みならしても、落ちてくれない。


ソヨゴ、モミノキ、コノテカシワ……。常緑の木々が雪の重みで傾いでいる。

まっ白な譜面に音符みたいな影を落としているのは、小鳥たちだ。枝から枝へ飛び跳ね、飛び移る。雪の面で繰りひろげられる影絵芝居に見入ってしまう。

棒きれを手に、ふたたび海原に漕ぎだした。

一枝、一枝、雪をはたき落とし、ついでに空っぽになっていた餌台に餌を足して帰ってくると、ダウンと手袋はぐしょ濡れになり、小鳥のレストランは早くも大繁盛になっていた。カワラヒワが餌をめぐって争っている。羽を広げた二羽が空中でもみ合うと、黄色い花がぱっと咲いたようになる。

なに食わぬ顔で食べ続けているスズメの頭上から、シジュウカラがロープにつかまり、ちゃっかりヒマワリの種を頂戴する。

雪ごもりに飽きて、短い散歩に出た。

パリッパリッ。足を踏みだすたび、小気味いい音が鳴り響く。ふわふわの雪のどこからこんな音が生まれてくるのか？　よく見ると、アスファルトに接している部分が温められて溶けだし、空洞ができているのだった。長靴の下の薄い氷が割れていく。

気がつくと、あっちにふらり、こっちにふらり。ひとりでに足が道の端っこに寄っていくのは、餃子の羽根みたいなパリパリを割りたくてうずうずしているのだ。

通りがかりの薪棚に、みごとな氷柱(つらら)が居並んでいた。陽光にきらきら輝いているさまは、さながら天然のライトセーバー？

どれにしようかな？　一等太いのを一本いただき、ブンと振る。すばらしく滑らかで、申しぶんのない持ち心地。太陽にかざすと、虹が入った。

だれも見ていないのをいいことに大立ち回り？

森の径（みち）にさしかかると、足下の雪はシャーベット状になり、ところどころ川のごとくなっていた。

人の足跡はどこにもない。ぞろぞろとシカたちが通った跡だけがついている。

引き返そうかな……。迷いながら難渋しているうち、じぶんの足は、自然にシカの足跡を利用しているのだった。

たとえ小さくとも、踏み固められた場所の、なんと心づよいこと。

シカに頼っているじぶん、というのは新しい感覚だ。

いつだったか、雪の庭を眺めていたとき、顔見知りの野良ネコがわたしの足跡の上をひょいひょい進んでゆくのを見たことがある。ネコの歩幅よりずっと広い間隔の、長靴の跡から跡へ、器用に飛びながら進んでゆく。

そうか。痕跡を残すって、ネコにもためらわれることなんだなあ。

人と動物、やることは変わらない。

今夜あたり、森のなかのわたしの足跡を、シカもまた使っているかもしれない。

わからない

あるとき、だれかが言う。

「わたしたちの天の川銀河って、アンドロメダと合体しつつあるんだって？」

あ、それ、どこかで聞いたことがある。星々の距離があまりに離れているので、天体同士が衝突するような心配はないらしい。合体したら、ミルコメダ銀河とかいう名前になるんだっけ？

べつのあるとき、だれかが言う。

「オリオン座のベテルギウスって、もうとっくになくなってるかもしれないんだよね？」

え、見えてるのに？　どういうこと？

超新星爆発が間近の赤色超巨星。いま見ているのが六四〇年前の姿であることを考えると、すでに消滅していてもおかしくないという。

なるほど……。しかし、よくわからない。宇宙のこととなると、いつもうろ覚え。あたまのなかにモヤがかかったみたいになる。

ふだんはそれですんでいるのだが、最近、ちょっとうろたえることがあった。

ニュージーランドの友人が遊びにきて、夕方、食事に出かけた。ああ、美味しかった、お腹いっぱい、と言い合いながら帰ってきて車を降りると、頭上は満天の星！

このまま落っこちてしまいそうな深い深い夜空が、全方向に広がっている。

ぽかんと口をあけて、ふたり突っ立っている。

と、ふいに友人が言った。

「わたしたちがふだん見てる空って、違うんだっけ？」

「うん」

南半球からは南十字星が、北半球からは北極星が見えるのだった。

「北極星って、どこ？」

ああ、それはね。わたしはしたり顔で北の空を指差した。

「スプーンを逆さにしたみたいな星座があるでしょ」

そそり立っている北斗七星。

「えっと……あの端っこ」

と言ってみたものの、じぶんのあやふやに動転した。

「いや、えっと……。どうだっけ？」

考え込んでいるわたしを見て、友人は笑った。

「ほんと⁇」

北半球に半世紀も暮らしていながら、なんという体たらく。内心あわてふためき、話をふって誤魔化した。

「南十字星って、どんな星？」

「四つの星がこんな形になってる」

彼女は人差し指で、空中に十字を描いた。

「でも、そっくりの十字が近くにあって……まぎらわしいんだよね、二つあるから、どっちか見分けるのが……」

どことなく不安げな、ぼんやりした顔つきになった。

それにしても天の北極には、二つ巴（どもえ）のように二つの柄杓（ひしゃく）が向き合っていて、天の南極には二つの十字が並んでいるという。奇妙な符合である。


北極星は、調べてみると、北斗七星（おおぐま座）の向かいにある小ぶりの柄杓（こぐま座）の先っぽだった。

そうだ、いつか試験問題にも出たっけ。小さくて見つけるのがむずかしいため、探し方がいくつかあり、そのひとつが、北斗七星の柄杓の先の二つの星を直線で結び、その長さの五倍分の距離を伸ばしていくというものだった。

正解はみごと抜け落ち、探し方に登場する北斗七星だけがなぜか記憶に残っていたらしい。

やれやれ。

南十字星と聞いて、わたしが自動的に思い浮かべるのは、宮沢賢治の『銀河鉄道の夜』である。車掌や乗客たちが囁き合う名前、ジョバンニとカムパネルラが別れる直前の駅が南十字（サウザンクロス）だった。

　そして北極星というと、なぜか下村湖人の『次郎物語』のなかでお祖父さんが呟いた言葉が浮かんでくる。

「次郎、どんなに環境が変わっても、自分のなかの動かない一点を見つめるんだ。あの北極星のようにな」

　いまだにそらんじているのを不思議に思い、久しぶりに読み返してみると、違う言葉が書かれていた。

「次郎、あれが北極星じゃ。（中略）海では、あの星が方角の目じるしになるのじゃ。あれだけは、いつも動かないからの」

　人の記憶というのも、よくわからない。

くさぐさの草

うららかな陽気に誘われて、散歩に出た。

通りぜんたいにうっすらピンクの靄がかかっているように見えるのは、街路樹がいっせいに芽吹きはじめたせいだろう。

大学通りをぶらぶら歩き、小さな古本屋の店先で立ち読みする。

絵本の棚にケイト・グリーナウェイの『マザーグースの絵本1――だんだん馬鹿になってゆく』を見つけた。退屈そうな顔つきの少女たち、寂しい目をした少年たち。グリーナウェイの絵は一度見たら忘れない。ぱらぱら繰り、目についた言葉を拾い読みする。

「マリィ／マリィは／いじっぱり

どうやって／庭をつくるかな

銀の鈴と／鳥貝と／西洋桜を一列に？」

絵のなかに書かれている英語は、シルバーベルとコックルシェルとカウスリップ。みんな草花の名前だ。宿根草のカウスリップは、春の訪れとともに毎年律儀に花をつけてくれる。小さな黄色い花がうつむきがちに咲く姿が鍵束を連想させるのだろうか、キー・フラワーとも呼ばれるらしい。

大学通りをゆるゆる下り、一橋大学の正門をくぐる。高い木立の日陰から日向へ。日向から日陰へ。兼松講堂、図書館、学生食堂を過ぎてゆく。春休みのキャンパスは、人影もまばらだ。陸上競技場の周りの森を縫っているクロカンコースに分け入る。一周すれば、およそ一キロ。藪椿の繁みでメジロが、辛夷(こぶし)の梢でシジュウカラが遊んでいる。運がよければコジュケイの一家が熊笹を揺らして現れたりする。

コースをひと回りして脇道を戻りかけると、前方からゆっくり走ってくるランナーが目に入った。陸上部の男子だろうか。トラックではなく、フィールドの縁を走っている。褐色の芝草の上につぎつぎ繰りだされるのは、裸足だった。

ひとあしひとあし、丁寧に着地し続ける爪先を見つめている。からだごと大きな耳になって何かを聴いているようだ。

つい立ちどまって眺めてしまう。何を聴いているのだろう? 土? 草? いやじぶんの足が奏でている音色だろうか?

裸足で走ると故障が治る、と聞いたことがある。ふだん分厚い靴底に守られ、閉じ込められている足が解放される。踵(かかと)からの着地が普通になっているのが、裸足になったとたん、自然に動物と同じ爪先着地になるという。裸足ランには、日常的に溜まった歪みをリセットする効果があるらしい。

上着を脱いで肩にかけ、ついでに靴を脱ぎだしたい気持ちをがまんして、もと来た道を歩いてゆく。

グラウンド脇に立つ煉瓦造りの部室を通り過ぎると、窓から音楽が流れてきた。聞き覚えのある旋律、ギター。

〝Are you going to Scarborough Fair ?

Parsley, sage, rosemary & thyme.〟

懐かしい。サイモン&ガーファンクルの〝スカボロー・フェア〟だ。「パセリ、セージ、ローズマリー&タイム」が呪文のように繰り返される。何度聞いても不思議な歌だった。

もともとあった古い民謡、一説にはスコットランドのバラッド「エルフィン・ナイト(妖精の騎士)」が下敷きになっているという。

囁くような歌声が、「スカボロー(スカーバラ)の市に行くのかい?」と問いかける。そして「針を使わず縫い目のないシャツをつくって」「塩水と岸辺の間に土地を見つけて」「革の鎌で刈って」と恋人への不可能な伝言をたたみかける。声の主は生者ではなく、妖精となった死者であるらしい。

妖精の呼びかけにうっかり答えると魂を取られてしまうので、旅人はひたすら草の名を唱える。香りが強く、薬効のある草々が護身になってくれるというように。

萌えはじめた緑のなんと心づよいこと……。

つらつら考えているうちに、風景は見馴れた大学通りになっていた。

名乗りでる木

通りをわたる。角を曲がる。

歩きながら、ふと目がとまる。

あれ、こんな木、あったかな？

足をとめ、しげしげ眺める。

緑からこぼれでるような白い花、花。

ああ、この季節がやってきた、と思う。

春から初夏に向かって日一日と強くなっていく光を反射するように、これまで目立たなかった雑木たちが、つぎつぎ白い花をつけはじめる。

ミズキ、ズミ、ウツギ、エゴノキ、アオダモ、サワフタギ、ハリエンジュ、ウワミズザクラ、オオカメノキ……。

「木々おのおの名乗り出たる木の芽哉」と詠んだのは、一茶だった。

芽吹きながら、それと知られることのなかった地味な木々たちが、いま「これがわたしです」と明かしている。

人目を引く。引きつけるのは人だけではない。その証拠に、小さな訪問者たちがせわしなく出入りしている。

これら白い花々は、ミツバチの素晴らしいご馳走なのだ。

とりわけハリエンジュは、別名ニセアカシアと呼ばれ、日本の「アカシア蜜」のほとんどをまかなう大事な蜜源植物であるという。

紅茶に入れるのにぴったりな、くせのないやさしい味わいは、河原や丘陵に無造作に繁るあの雑木からミツバチたちの力を借りて採られているのだ。

最盛期のハリエンジュの花は美しい。夕暮れの光のなかで、真っ白い房状の花がさざめいているさまは、妖艶な香りと相まって、異世界にまぎれこんだ心地にさせられる。


木の側からすれば、ずっとそこに立っているだけなのに、人の目には、突然躍りでたかのように映る。咲いているときと、咲いていないときの落差。その代表格は、ウワミズザクラかもしれない。

サクラとは名ばかりの、猫じゃらしみたいな穂がいっせいに花ひらくと、白い雲をいただいたかのようで、さながら花祭りの風情になる。

ふだんはじつに巧妙に風景のなかに溶けこんでいるので、滅多なことでは人の目にとまらない。「上も見ず桜」という意味だろうと勝手に合点していたのだったが、和名は「上溝桜」と書くらしい。古代、亀甲占いで、「波波迦(ははか)」として上に溝を彫った板に使われたところから名づけられたという。

花のつぼみは、新潟ではまだ小さく青いうちに収穫して塩漬けにされるらしい。「杏仁子」と呼ばれ、ご飯の混ぜものや格好の酒肴になるという。

このウワミズザクラの熟した実をどっさり摘んで、ホワイトリカーに漬け、果実酒をつくったことがある。はっとさせられる赤色、杏仁豆腐そっくりのエッジの効いた芳香に驚かされた。あの楚々とした立ち姿のどこにこんなものが隠されていたのか?

木々たちが名乗りでる。

「これがわたしです」と明かしている。

花ひらいて、初めてわかる。

そこに立つもの

虹を見ると、どきどきする。と同時に、おろおろ震えてしまうのは、いつ消えるとも知れないからだ。この期に及んで未来に心を飛ばしてしまう。そんなじぶんがうらめしい。自然のなかにいて、花を見ているとき、雲を見ているとき、鳥を見ているとき、対象のなかにすっかり没入し、見ているじぶんは消えている。百と零になっている。

この零が気持ちいいのに、こと虹となると、百と零になってくれない。九十九と一になり、一のじぶんが憧れと不安におののく。

その出現があまりに唐突、かつ圧倒的なので、化かされている、化かされた、と思えてくる。

虹が立つのは、お天気雨が降るときだ。

「狐の嫁入り」という言葉を初めて聞いたのはいつだろう？　たぶんとても小さいころ。母親になんども聞きかえした覚えがある。キツネが嫁入りするの？　そう、お嫁さんになって、提灯行列が進んでゆくの。行列が？　お供のキツネたちがしずしずと……。

いまでも、お日さまが照っている空にぱらぱらっと雨が降りだすと、見たはずもないのに、白い角隠しをかぶった狐のお嫁さんとその行列が見えてくる。じっさいどこかでほんとに見たような気がしているのは、繰り返し思い浮かべてきたせいだろう。

天気雨は、東アフリカで「ハイエナの出産」、アルメニアでは「悪魔の結婚」と呼ばれるらしい。

恐ろしさと神聖さと。非日常を伝えるのは、並外れた言葉だ。


「虹の根元にはね、レプラコーンの壺があるのよ」

と、アイルランドの友人は言った。あの緑色の妖精が、壺の中にどっさりの金や宝物を隠しているのだという。

あのとき友人は笑っていたから、もちろん昔話の類にちがいない。けれど、わたしの目に狐の嫁入りが見えているように、友人の目にはレプラコーンの壺が見えているのかもしれない。


虹の根元は、いったいどうなっているのだろう?

一度でいいから、立ちあがっている虹の根元を見てみたい。ずっとそう思いつづけてきた。

数年前、ロンドンのコンドミニアムの十階に暮らしていたとき、ふと見ると、遠くセントポール大聖堂のドームから虹が立っていた。美しい弓形に見とれているうち、ずっと近いプリムローズヒルに二つめの虹が立った。と思う間もなく、すぐ目の前に、三つめの虹が現れた。

一八〇度のダブルレインボーだ。主虹は内側の紫から外側の赤に、副虹は赤から紫に。同じくらい色鮮やかに強い光で輝いている。

ふたつの虹のあいだはおそろしく暗い。黒いベルトが立ちあがっているようだ。ああ、あれが「アレキサンダーの暗帯」だと合点し、はたと気がついた。

虹の根元が見えている！

そこには、何もなかった。

板塀で囲まれた庭の一角に木が立っていて、そのあたりが明るく輝いている。それだけだった。

もしかしたら、と思う。あの庭にいる人は、へんな眩しさだなと思うぐらいで、虹の存在に気づかないかもしれない。まさかじぶんの頭上から、天に向かって橋が架かっていようとは？

虹を見るとき、たいていひとりだ。

いや、だれかといても、ひとりを強く感じるのかもしれない。そうしてどういうわけか、じぶんの内的世界に迷い込んだような気がしているのだった。

外と内、この世とあの世。分別も境界もない世界が茫々と広がっている――。

生きていることが、そのまま虹であるような気がする。

へんな文章かもしれない。けれどこうして書きながら、だから、いつも虹には既視感があるのかと思う。

第五章

＊

君は待っている

帰りも人生

久しぶりに会ったMさんは、すみからすみまでMさんだった。ぴちぴち跳ねて、弾んでいる。わたしの胸までくらいの小さな体に、パフスリーブのブラウス、貝殻のペンダント。手には大きな石の指輪をはめている。

「蛍石なの」

美術展を見た後、ミュージアムで買ったらしい。帰ろうとするところを呼びとめられた。玄関に石の細工物を売るスタンドがあり、店じまいするところだった。何気なく近づいて、目についたのを指にはめてみると、「あら、ぴったり」と売り子が言った。「安くしておきますよ、半額でいいです」

「で、買っちゃったの。その人、早く帰りたかったんじゃないかしら」

しげしげ石を覗きこんだ。紫色と思ったら、淡いグラデーションに緑のストライプ。

きれいなものが大好きなMさんとの待ち合わせは、いつも美術館かコンサートホールだった。今日も美術展にやってきた。壁を埋めているのは、小さな素描ばかり。Mさんはいちいち眼鏡を外したり掛けたり、近づいたり離れたりと忙しい。

客の欲求不満をなだめようという思惑だろうか、出口のそばに、絵を複写、拡大した巨大パネルが配置されていた。「ご自由に撮影してください」と書かれている。

いっしょにお願い、とMさんにスマホを渡すと、ズズズージャカジャカーッ！とバースト激写されてしまった。押し続けるので、すごい音が鳴り続ける。慌ててすっ飛んで行く。

いつも携帯を「不携帯」と呼んでいる彼女に不向きな依頼をしてしまったらしい。

カフェに入り、お茶を飲みながらお喋りする。最近読んだ本の話、外国の街の話、音楽の話……。話題は尽きることなく、あちらこちらと展開しながら、あっというまに時間が過ぎてしまう。

しばらく前、Mさんは、庭仕事の最中に肩甲骨を骨折し、そのせいか身長が四センチも縮んでしまったらしい。

「もうね、家を掃除するのに三日もかかるのよ。もうね、むかし届いたどこにも届かないの。煉瓦を二、三個積まなくちゃね」

と澄ましている。

いたわりの言葉をかける場面であるはずが、ついこちらはくすくす笑い……。

年老いてひとりで暮らす不便さも、彼女にかかると珍妙な寓話(ぐうわ)の一節みたいになってしまう。

白髪に包まれた丸いお顔、くるくる動く目を見ていると、ふと、ピカソの言葉が浮かんできた。

「若くなるには、時間がかかる」"It takes a long time to grow young."

帰り際、トイレから出てきたMさんは、きれいな赤い口紅をつけていた。

よく似合うね、とほめたら、「帰りも人生」と言った。なんの説明があるでもない。

きょとんとしていると、曰く、三十代のころ、同じ大学で教師をしている六十代の先輩に言われた言葉だという。

人生は行きだけではない、帰り道も人生。

何があるかわからない。ひとつやふたつ、出会いだってころがっているやもしれない。

たしかに。指に光っているものも然り。

「待ち伏せしてる石とか？」

こんどは、彼女がきょとんとする番だった。

ともあれ、先輩の言葉を聞いて以来、Mさんは口紅をつけるたび「帰りも人生」と呟いているらしい。

八十三歳になったいまも変わらず。

人生の道具箱

高校の同窓会というものに参加した。

ホテルの大宴会場。旧姓が書かれた名札を胸につけ、円卓のひとつに腰を下ろす。目の合った人と会話を始める。見覚えがある……けれども、わからない。

久しぶりですね、お元気でしたか？　てきとうに会話を進めつつ、相手の胸に目を走らせる。名前の下にある三つの数字は各学年のクラスだ。真ん中の数字が同じ。ということは？

一年は新入生の緊張で、三年は卒業写真の助けも借りて、ほどほどに思いだせるが、二年生が死角になっていた。部活の話でお茶を濁す。

時間による侵食が外面的には生徒ほど明らかでない先生方が入れ替わり立ち替わりマイクをもって挨拶し、雲の上をふわふわ歩いているような時間が経過して、おしまいに校歌を斉唱する段になった。

「わがにわと　ながむるちぬのうみづらに　かいひのゆめをいざないて……」

覚えたつもりもないのに、口が動いてくれるから不思議である。

それから数年後。東京に暮らす卒業生の集まりがあり、会の終わりは同じく校歌斉唱と相なった。同級生たちが誘い合って繰りだした二次会では、久しぶりに歌った校歌の歌詞が話題にのぼった。

「かいひ」とは「海彼」。すなわち、海の彼方。しかし、会で配られたプログラムでは「海波」と誤植されていた。

「えっ、〝かいは〟じゃなかったの？」と驚く人が現れて、一同爆笑。それから勘違い歌詞の話で盛りあがった。

「うさぎおいしかのやま　こぶなつりしかのかわ……」という唱歌「ふるさと」の有名な一節を「ウサギ美味し」と思っていた人。

「あかいくつはいてたおんなのこ　いじんさんにつれられていっちゃった……」という下りを「いいジイさんに」と信じていた人。

いやいや、それはウケ狙いでしょ？と混ぜ返しながら、じっさい身に覚えのある自分は笑ってしまった。

ずいぶん長いあいだ、大真面目に「アルプスいちまんじゃく　こやぎのうえで～」と歌っていたのだった。仔山羊ではない、小槍だと知ったときには、すでに大人になっていた。

ついでに告白してしまうと、「どんぐりころころどんぶりこ～」も、「どんぐりこ～」と歌っていた。ずいぶん歌い込んだせいで、いまでも口ずさむと、二回に一回はどんぐりこになってしまう。

昔の童謡、唱歌には、いったいどうして勘違いが多かったのだろう？　つらつら考えていて思いあたった。

人生の道具箱が、おおかた空っぽだったのである。

知識もなければ、語彙もない。健全な疑念も、推理も働かない。ただただ漫然と唱和してきた結果がこれである。

道具らしい道具が入っていない道具箱の哀しさ、とでも言おうか。

「ハンマーしか持っていなければ、すべての問題が釘のように見える」と言ったのは、心理学者アブラハム・マズローだった。

そう、ハンマーしか持っていないのは危ない。

ハンマーさえ持っていないのは、もしかすると、もっと危ない。

自分の道具箱は、いまやどうなっているのだろう？

同窓会からの帰り道、電車の吊り革につかまりながら、酔いのさめかかった頭で考えていた。

かくし味の妙

フレンチトーストをつくる。

ボウルに卵を割り入れ、牛乳、メープルシロップ。それにオレンジの果汁をひと搾り、塩少々を放り込む。

バケットをざくざく切り、フォークでぷつぷつ穴を開け、ボウルのなかの液体に浸す。裏返したり、揺すったり、まんべんなくからめながら、ふと指がとまった。

かくし味って、なんだろう?

スイカに、塩ぱらぱら。お汁粉に、塩ひとつまみ。

真逆のものを入れることで、かえって持ち味が引き立つ。

いつかどこかで聞いたことがあるかくし味も、同じ原理にもとづいていた。

カレーに、板チョコひとかけ。摺りおろしワサビに、砂糖少々。白和えに、わずかばかりの柚子胡椒。

真逆の法則は、もしかしたら食べものだけじゃない?

フライパンを火にかけ、バターを落とす。しゅわしゅわ泡立ちはじめたところにパンを並べ、いい香りが立ちはじめたら火を弱める。表面はぱりっ、中身はとろっが望ましい。

そういえば、ツンデレなんて言葉があった。

柔にして剛、繊細かつ大胆、清濁併せ呑む……。反対語の合体は、人の魅力も引き立てる？

そっと蓋をあける。ぱちぱちはぜている端っこからひとつずつ裏返していく。鮮やかな黄色に、焦茶のブチの取り合わせ。


『ちいさなちいさな王様』という絵本があった。

人差し指くらいの王様と僕のちぐはぐした会話がちょっと笑えて、ミヒャエル・ゾーヴァのシュールな絵が良くて、ときどきふと頁を繰りたくなるのだった。

王様は、僕の部屋の壁と本棚の隙間に住んでいた。僕が朝食をとろうとキッチンに行くと、パン入れ用のカゴの中であたたかいトーストに身を寄せてぬくもっていたりする。

この王様、なかなかのかんしゃく持ちだった。気に入らないことがあると角砂糖をつぎつぎカップに投げ込んだり、錫（すず）の杖でバターを滅多突きにしたりする。

そのうえ、奇妙な持論の持ち主ときていた。
一、大きくなると小さくなる。
二、眠っているときに起きている。
三、存在しないものが存在する。
四、命の終わりは永遠のはじまり。
五、忘れていても覚えている。

僕には理解できないことばかり！

しかしある気持ちのいい夏の夜、ベランダに寝ころんでいっしょに星空を眺めているとき、王様がぽつりと言った言葉がふたりの心を結びつける。

「おまえには、おれが欠けている、ということになるのだろうか」

「そう思うよ」と、僕。

「きっと、小さな王様が欠けていていてさびしい思いをしている人が、世の中には、本当はもっとたくさんいるんだよ。ただ、そのことに気がついていないだけで」

「小さな王様」が欠けている人、欠けていない人？

真逆のもの、理解できないものを心のなかに棲まわせていて、さっさと捨ててしまわないで、大事に抱いている。

一色じゃなく、べつの色、たくさんの色もいっしょに生きている――。

それは、すごく自由な感じではなかろうか？

ネコの国の人？

夕方のいい風が立ちはじめたので、散歩に出る。

どの辻を曲がろうか？　このまま歩いていこうか？

ふだんは目的地があり、そこにまっすぐ向かっていくので、今日は足のむくままぶらぶら歩いてゆく。

頭の行きたいところではなく、足の行きたいところへ。

足は悠々閑々、自らを運びながら、ゆったり吐いたり吸ったり……。へえ、足も呼吸ができるんだね？

刈りたての草、草の、甘い匂い、こうばしい香り。胸いっぱい、足いっぱいに吸い込んで、ふと見ると、遠く前方を豆粒ほどのネコが渡りかけるところだった。

道の真ん中で足を止め、じっとこちらを見つめている。そのまま歩きつづけ、ずんずん近づいていっても、逃げだす様子がない。

目の前までやってくると、相手はこちらを見あげ、濁声(だみごえ)でにゃあにゃあ鳴きはじめた。どんよりした赤目。焦茶キジのおやじネコである。

ネコに呆れる。というより、じぶんに呆れる。

ネコの目には、同族に見えているのだろうか？　いつのまにネコの国に入ってしまったのだろう？

ネコと無縁の人生を送ってきた。ネコと言えば、長いあいだ、こそこそ逃げていく後ろ姿くらいしか思い浮かばなかったのに、ここに来て降ってわいたように野良ネコたちとつぎつぎ知り合いになり、いつしかネコまみれになっているのだった。

どこかで「境界」を越えてしまっていたのだろうか？

どこで越えたのだろうか？

『ナルニア国物語』のなかに、好きな場面があった。ルーシィとタムナスさんが出会うところである。

衣装箪笥の奥から真夜中の雪深い森のなかに迷い込んだ少女のルーシィは、山羊脚の不思議な格好の存在が傘をさし、首に赤いマフラーを巻いて、茶色の紙包みを抱えて歩いてくるのを目にする。

「その荷物とこの雪ですから、まるでクリスマスの買物の帰りといったところです。――この人は、フォーンでした。ヤギとひととのいりまじった、野山の小さな神です。フォーンは、ルーシィを見ると、あんまりたまげたので、包みを全部おとしてしまいました」

この描写がみずみずしく輝いているのは、初めての出会いというだけではない、気づかないまま「境界」を越えてしまったそれぞれの驚愕、動転に満たされているからだ。

作者のＣ・Ｓ・ルイスは、この場面をいちばん最初に思いつき、物語の種として、長いあいだあたためていたらしい。

荷物を拾い終わったタムナスさんは、おずおず尋ねる。

「あなたは、イブのむすめさんでいらっしゃると、考えてよろしいでしょうか？」

相手の言葉の意味がわからない少女は答える。

「わたしの名は、ルーシィですわ」

「でも、あなたは――おゆるしください、あなたは、女の子というもの、なんでしょう？」

「もちろん、わたしは女の子よ」

映画のなかでジョージー・ヘンリー演じるルーシィとジェームズ・マカヴォイ扮するタムナスさんが出会う場面も素晴らしかった。

「境界」は、いつでも越えてしまってから気がつくものらしい。日常のなかにも、ふと踏み越えてしまう境界がひそかに横たわっている。

もしかしたら、恋もそのひとつだろう。ふり返ってみれば、たしかに後から気がつくのだった。

しかし、いま、わたしは道の真ん中におやじネコと立っている。

それにしても、ひどいしゃがれ声だね、君は。

むしろ鳥

パウル・クレーの絵に「むしろ鳥」というのがある。

子どもの落書きのような一本線の素描。もの想いしているのか、お澄まししているのか、鳥なのか、何者なのか、さっぱりわからない。

一枚きり掛けられた絵と、その下にあるタイトルを初めて見たとき、「筵鳥？」といぶかしんだのだった。

画家お得意の不可思議な作品名のひとつ？　いや、クレーが生みだす世界のなかに、藁で編んだ敷物と関係している存在がいたって、おかしくない？

しかし、「むしろ」は副詞だった！　「天使というよりむしろ鳥」が原題。やれやれ。

天使？　いや、どちらかというと鳥。とはいえ、鳥にしては、妙な空気をまとっている。天使以前、鳥未満？

これら謎めいたものたちが棲んでいる世界を、クレーは「中間の世界」と呼んだ。

「生まれていない者たちと死者たちの国、来ることができ、来たいと思っているが、しかし来る必要の無い者の国、一種の中間の世界」

「中間の世界」のものたちに出会うのは、夢や創造の世界だけだろうか？

自然のなかはどうだろう？　たとえば森、たとえば海辺？

砂浜でビーチコーミング（漂着物の収集・観察）をしたことのある人なら、心あたりがあるだろう。

遠くから、ふと目にとまる。気になって近づき、手のなかに拾いあげる。流木、ガラスの欠片、貝殻、陶片、石ころ……。

まみれている砂を波にひたして洗う。ズボンでこする。濡れて輝いている色の鮮やかさ、表のすべすべ、形のおもしろさ。

見れば見るほど何かを思いださせる。何か？　ひとつ、ふたつ。迷いながら、ポケットに入れる、リュックに放り込む。

家に帰り、新聞紙の上にいそいそ広げてみる。

首をひねる。いったいこれはなにか？　なんでこんなものを持ち帰ったのか？　さっき見えていたはずのものが見えない、思いだせない。

そこで、とりあえず、という言葉の恩恵にあずかる。とりあえず、庭に流木を積みあげる。とりあえず、窓際に貝殻、石ころを並べる。とりあえず、ガラスの欠片と陶片をそれぞれべつのジャムの空瓶に詰める。

そうしてしばらく忘れてしまう。数週間、あるいは季節がひとめぐりするあいだ、もしかしたらもっと長く。

ある日、ふと目にとまる。唐突に、ものたちが語りかけてくる。日常の隙間から、覚えのある風が吹いてくる。


しばらく前から、わたしの机の上に、へんてこなオブジェが置かれている。

通りがかりのギャラリーに、ところ狭しと並べられていた大きな流木作品のなかで、それはひっそりと隅っこの棚におさまっていた。

流木、といっても掌くらいの大きさ。ひと目でそれが、「刷毛」だったとわかる。平刷毛ではない。柄に対して斜めに毛が綴じられていたであろう筋違（すじかい）刷毛。

だれかによって使われ、うっかり落とされたのか。毛が擦りきれて捨てられたのか？

波に洗われ、砂浜に打ちあげられていたのを拾いあげられ、手をかけられて、ふたたび人の世界に戻ってきた。

それはいま、見知らぬ家の、見知らぬ机の上で、どういうわけか飛んでいる。

刷毛というより、むしろ鳥。

流木の嘴と尾を与えられ、いままさに離陸するところ。

かつて紐が通されていた柄の小さな穴が、鳥の眼（まなこ）。ぽっかりあいたその向こうに、空の青色がのぞいている。

「中間世界」からの風が、ひゅうと吹きつけてくる。

途上の光

シェードを上げると、庭いちめんに霜が降りていた。風景全体がうっすら白い。生まれたての陽光が、薪棚の屋根やデッキを輝かせている。

ダウンを羽織り、庭に出る。長靴の底がポクポクくぐもった音をたてるのは、芝がすっかり凍っているからだ。

おや、地上に白いモミノキ！　陽に照らされて溶けはじめた霜が、木の陰になった部分だけ、切り絵みたいに残っている。

花はすっかり終わってしまった。かろうじて残っている薔薇のつぼみがひとつ、撫子（なでしこ）の青ざめたつぼみがふたつ。この寒さでは咲くこともかなわないだろう。

霜柱の立つ花壇に小さなヴィオラを見つけた。うつむき、縮こまってはいるが、まだ咲いている。しゃがんで、黄色、紫、水色を一輪ずつ。それにセージとタイムの葉っぱをいただく。

家に入ると、やかんがシューシュー音を立てていた。大きなポットに茶葉を六杯。なみなみ注いで、砂時計をひっくり返す。摘んできた花を塩釉（しおぐすり）のインク壺に挿す。

トースターがチンと鳴った。あつあつのトーストを載せた皿とカップ、花瓶を食卓に運ぶ。トーストを囓ろうとつまみあげたとたん、目が皿に吸いつけられた。あれ、霜？　いましがた朝陽に溶けて輝きだしたような……。トーストの蒸気が水滴になって光っているのが、皿の絵と相まって冬の朝の風景に見えたのだった。

農村の道を馬車が走ってくる。子どもを連れた人が立ち話をしている。煙突から煙が立ちのぼる……。

ロサンゼルスの蚤の市で一枚きり残っていたのを、二束三文で買ったのだった。長年の使用に耐えてきたせいだろう、赤い縁飾りが剝げかけている。裏側には「"Western Farmer's Home" an American subject」の文字。空気のように普段使いをしてきて、いま初めてまじまじと眺めているのだった。

目の前に生けた、霜で傷んでしまったヴィオラの花びらが、皿の風景から摘まれて来たかのように馴染んで見える。

名残の花のことを考えていて、ふと「未完」という言葉が思い浮かんだ。

最近、しきりと未完の絵に惹きつけられる。塗りむら、塗り残しのある、作者の手の跡が鮮やかに残っている絵。

そのとき作者に見えていたもの、作者をして向かわせていた何か、そこに近づこうとする創造のダイナミズムが、未完だからこそ、ありありと見える気がする。

作品のほとんどが未完だったと言われる天才ダ・ヴィンチは「芸術に完成というものはない。途中で見切りをつけたものがあるだけだ」と語っていたらしい。

未完の絵のなかで、とりわけ心に残るのは、ロンドンのナショナルギャラリーで見たピエロ・デッラ・フランチェスカの「キリストの降誕」だった。

　晩年の二十年近くは失明のために絵を描かなかったと言われる画家の、最後の作品。広々とした砂地の上に、生まれたての赤ん坊イエスが横たえられ、その前に聖母マリアが跪(ひざまず)いている。背後でリュートを鳴らしながら歌っているのは村娘の姿をした天使たち。画面の色がいくつか抜け落ちているぶん、マリアの衣と赤ん坊の敷布の群青がくっきり浮きでて、感光紙を見ているような鮮烈な印象を残すのだった。

　同じくロンドンのコートールド美術館で見たポール・セザンヌの未完の絵「曲がり道」も忘れがたい。

　亡くなる前年に描かれたという絵は、空と大地の余白に、画家の愛した青と緑のあいだの無限の色、色が浮かび、漂い、広がっていた。年老いてもなお健やかな画家の息遣い、胸のなかの歌声が聴こえてくるようだった。

素早さから生まれる

画家の友人は、気に入った美術展に二回三回と出かけてゆく。パティシエの友人は、気に入った店のチョコレートケーキを二個三個皿に載せて食べる。

どうしてそんなことをするかというと、目の前にあるものの正体、秘密を知りたいからだ。この絶妙、この痛快、このケミストリー！

どんな材料がどんなふうに使われているかはもちろん、何がどうしてこうなるのかを知りたい。じぶんを惹きつけてやまないものはいったい何なのか？

はたせるかな、滅多なことでは捉えられない。

分析しているつもりが、ずるずる体験者の位置にすべり落ち、すでに心動かされ、喚起されている。

じぶんのことを考えてもそうだ。素晴らしい文章、本を繰り返し読んで、何かがわかるかというと、わからない。ただ阿呆のように感動しているだけだ。

本の書き手が目の前にいたら、聞きたくなるだろう。

いったいこれは何ですか？　どうしてこんなものが生まれてくるのでしょう？

じっさいに質問してみる勇気はないけれど、もししたとしても、たぶん役に立たない。

友人の個展会場でこんな会話を耳にしたことがある。

「すごいですね。どうしてまたこんな絵が生まれてきたんですか?」

画家の友人は答えた。

「うむ、何でしょう……。いい絵はするりと生まれてしまうので、思いだせないんです。じぶんが描いたと思えない」

つくり手にしてこれだから、受け手の状況は推して知るべしである。


『火星年代記』や『華氏451度』など数々のSF、名作をものしたレイ・ブラッドベリが、いつかエッセイのなかでこんな言葉を書いていた。

「われわれ作家は、トカゲから何を学べるか。鳥から何を盗めるか。素速さ、のなかに真実はあり。さっさと早書きするほど、正直に書いていられる。その逆に、思考は逡巡のなかにあり。手間をかけると、文体をひねくることになる。真実に飛びかかるものではなくなる。獲物として狙うべきは、飛びかかる文体でなければならない」

飛びかかるとは、いかにもブラッドベリらしい物言いだ。

たしかに絵画の世界でも、ゴッホやロートレックなど、無類の早描きで知られる絵描きには、飛びかかる筆跡がある。モネやターナーなど、やる気満々飛びかかっているように見えない画家たちも早描きだったらしいけど。

するり、すらすら、すらっと、さらさら、とんとん、すいすい。いいものは、かくのごとく生まれてくる?

なぜだろう? 素早さと思考は相容れないから。

ブラッドベリは言う。

「自意識は、あらゆる芸術の敵である。演劇でも、文学でも、絵画でも、あるいは最高の芸術形式といえる人生であっても、そうなのだ」

おや、人生でも?

「われわれはカップなのだ。たえず静かに満たされている。ちょいと自分を転ばせて、すばらしい中味がこぼれ出るようにする、というのがそのコツである」

こぼれ出ないようにするのではない。

こぼれ出るようにするのだ。

「ちょいと自分を転ばせて」とは、自意識の軛(くびき)から自由になり、無意識が創造できるようにしむけること。

カギは、素早さにあり。

オーギーの四千日

何度も観る映画がある。ふと目にとまると触ってしまう石ころみたいに、ぽっかり時間があいたりすると、どうした加減か無性に観たくなってしまう。

映画「スモーク」もそんな一本だ。ウェイン・ワン監督。原作者であるポール・オースターが脚本を担当した。ブルックリンの街角の小さな葉巻店を舞台にした、客と店主が織りなす小さな物語。

何度か観て、いくつか台詞もそらんじているのに、観るたび違うところが心に残るから不思議だ。

映画は変わらない。が、じぶんが変わっているからだろう。

ハーヴェイ・カイテル演じる葉巻店の主オーギーが、ウィリアム・ハート演じる客のポールをじぶんの部屋に案内する。たくさんの黒いアルバムを見せられて困惑するポール。なにしろ、どの写真も「同じ」なのだ。同じ道路、同じ建物の繰り返し。頁を繰り続けるポールを眺めながら、オーギーはシェークスピアの一節を暗唱しはじめる。

「明日、また明日、また明日……時は小きざみな足どりで一日一日を歩む」

満面の笑みと、マクベスの呟き。

四千日というもの、オーギーは一日も欠かさず、毎朝八時きっかりに店の前にカメラを据え、一枚ずつ写真を撮り続けてきた。アルバムは、いわば定点から切りとられた世界の姿であり、彼の作品なのだ。

映画を久しぶりに観かえして、オーギーの「定点」が胸に響いた。一つ所に止まって世界を眺め続けるという生き方は、限りない憧れをかき立てる。じぶんが流転の人生を送っているせいかもしれない。

「スモーク」の原作は、短編「オーギー・レンのクリスマス・ストーリー」である。「アメリカ短編小説+作者の朗読」というキャッチコピーに惹かれて購入し、そのまま本棚に差したきり忘れていた一冊『柴田元幸ハイブ・リット』のなかに、この一編を見つけた。

表紙の裏にCDが付いている。声は、ポール・オースター。小説の文章が作家のインナーヴォイスであるとすれば、肉体を伴った作家の声はおよそそれとはかけ離れていて、驚愕はたまた当惑させられることが多い。過去の経験からこわごわ聞いてみると、オースターの声は低くてひどくしゃがれていたが、ほとんど違和感を感じさせなかった。こんなこともあるんだと逆に驚かされた。

心に残った箇所を読み返す。葉巻店の奥の小部屋で黒いアルバムを繰りながらポールは思う。

「私にはわかったのだ。オーギーは時間を撮っているのである。自然の時間、人間の時間、その両方を。世界のちっぽけな一隅にわが身を据え、それをわがものにすべく自分の意志を注ぎ込むことによって。みずから選びとった空間で、見張りに立ちつづけることによって」

オースターの一文“planting himself in one tiny corner of the world”がしみてくる。

いまここ、世界の一隅を生きる。

映画「スモーク」の後半、オーギー・レンことハーヴェイ・カイテルが語るクリスマス・ストーリーのなかで、彼のライフワークを担っているカメラがいったいどんなふうにやってきたかが明かされる。

そのとき、「一隅」を照らす光が、いよいよ鮮やかに浮かびあがってくるのだ。

時間とスキップ

「じゃあ、スキップしましょう」と言われて、スキップする。

いちおう跳ねてはいるが、ぎくしゃくしている。ほかの人たちも同じで、がたがたでこぼこ。およそスムーズとは言いがたい。

オイリュトミーは思想家ルドルフ・シュタイナーが創始した身体芸術だ。そのクラスで、どういう風の吹きまわしか、先生が「スキップ」なんて言いだした。

はい、ホールの端から端まで。タラッタラッタラッタラッタラッタラ〜。くるりと回って、はい、端まで。

みな笑いだす。ぱらぱら立ちどまる。ええっと、どうするんだっけ？　着地は？　リズムは？

子どものころは考えなかった。からだが勝手に跳ねていた。

メンデルスゾーンのピアノ曲で動きまわって汗びっしょりになり、まだほてっている顔に夕方の風を受けて歩きながら、年配の友人がため息をついた。

「ああ、時間がお金で買えたらいいのに！」

「そうなったら、買いたい人が多すぎて、時間が高騰しちゃって大変でしょうね」

と、わたしは言う。

ご多分にもれず、その日もわれわれは「もう」とか「はや」を連発していた。新年だった今年ももう半ば？　クラスが始まってはや十年？　速い、速すぎる。なにがいったいどうなっているのか？　キツネやタヌキに化かされているのではあるまいか？

子どものころ、時間が足りないなんて思わなかった。あのころ、時間は速いどころか、ひどく遅く進んでいたのだ。照りつける太陽と入道雲と……。目の前の蟻やバッタを眺めながら、時計の針はじりじりするほどのろかった。

速い、速い、と思いはじめたのは、いつからだろう？　口をひらけば、「もう」とか「はや」とか言うようになったのは？

チリチリン‼

ベルの音に背中を押され、われわれは渡り鳥みたいに縦一列になる。老人の自転車がペダルを軋ませながら追い抜いてゆく。

ははあ、とわたしは唸った。

スキップが下手くそになり、時間が速く流れはじめた。

因果関係はないだろうが、なにがしかの関係がありそうだ。

「……思考だね、思考」

「ん？　なに？」と友人。

子どもの時間がゆっくり流れていたのは、思考が少なかったからにちがいない。

大人になって、やることが多くなり、未来や過去を思い煩うようになった。頭の中がぱつぱつで、思考のなかにどっぷりはまって右往左往しているようなときは、時間はあっけなく流れ、なにをしたでもないのに日が暮れている。

懸案を片づけたら、ゆっくりしよう。ひと山越えたら、じぶんの時間をもとう。というのは倒錯で、次の山、また次の山と現れて、その胸算で生きつづける限り、永久に同じ心持ちでいることになる。

いつだったか、電車の中吊り広告でこんな文章を見かけた。

「人生の貴重な時間、ヒゲ剃りに奪われてる気がする」

キャッチコピーはたたみかける。

「＊＊のヒゲ脱毛で時間を有効活用してみない？」

ほお。ヒゲを剃らないわたしでも見入ってしまう。キモは「奪われてる」という言葉である。日々、理不尽な時間にふりまわされているので、ぐっとくる。続いて「有効活用」という言葉。曲者の時間がこれで大人しくわれわれの配下になるかというと、そうは問屋が下ろさない。

「奪われてる」「有効活用」という言葉が湧いた時点で、なにやら急いでいる。

時間がゆっくり流れるためには、心を過去や未来のどこにも飛ばさず、ただいまゆっくりしている必要があるのだ。いまこのときの在り方が、生の質を決めている。

ぴょん、とスキップすると、前から歩いて来た人が後ずさった。

木の上の鼠

「あなたはこの本を＊年＊月に注文しました」

オンラインストアの注文画面。「カートに入れる」をクリックしたとたん、この文章が現れた。

えっ、ウソ！　虚を衝かれる、とはまさにこのこと。

書斎、寝室、廊下、納戸……。本棚がある場所をうろうろする。あんな表紙、見たことあったっけ？　疑惑の雲をもくもく湧きださせながら、ほかでもないじぶんに疑惑が向けられていることに狼狽する。

複数の本を日常的に並行読みしているわたしは、買ってきても、すぐに読まない。そのまま本棚に差しておいて、棚からお呼びがかかる（ただ目にとまる）と、やおら読みはじめる。

本棚には既読本と未読本が入り混じっているが、べつに不自由はない。読んだか、読んでいないか、自分の胸に問うてみればいいのだから。

しかしである。いまは、買ったか、買っていないかが問われているのだった。

大学を卒業して出版社で働きはじめたばかりのころ、上司である編集部のおじさんたちが、ときどき「ああ、また同じ本買っちゃったよ〜！」と舌打ちしているのに啞然とさせられたのを思いだす。笑止千万。理解不能。

どうやらわたしは、それと同じことをやらかしているらしい。

ロサンゼルスに住んでいたとき、パティオに出ると、よく栗鼠(りす)が木の上で食事をしていた。十センチはありそうなマツボックリを両手でささげ持ち、大きな前歯で根元から一枚一枚剝がしていく。黒い実が、みるみる削りたての赤色になり、トウモロコシの芯みたいなやせ細った一本になる。右に左に高さを変えながら食べすすむさまは、さながら熟練のハーモニカ奏者だった。

彼はおしまい、ポイッと芯を捨て、ひとしきり股や背中を掻いて、ふさふさした大きな尻尾を両手でしごきあげる。そうして一気に枝を駆け上がり、がさがさ梢を揺らして姿を消すのだった。

ディズニー映画に出ていますという顔つきのあの栗鼠も、あちらこちらにクルミやドングリを埋めているにちがいない。

「栗鼠」の英語“squirrel”は「やたらにしまいこむ、ため込む」という意味の動詞としても使われる。

しまいこむのは、いつでも好きなときに取りだして食べられるから。けれど、かなりの確率で、どこに埋めたか思いだせない。

あるとき栗鼠は、気になりはじめる。背中を掻きはじめたら、どうにも止まらなくなるように。

なんだろう？　どうしてだろう？

どうしてボクは忘れるんだろう⁇

それはね、とわたしはおしえてあげる。キミが栗鼠だからだよ。だいたい、いまにはじまったことじゃないでしょう？

風が吹き、雨が降り……そうしてある朝、ぽっぽっと芽が出てくる。それらはぐんぐん大きくなり、木に、林になる。

キミの忘れっぽさのせいで、森が生まれるってわけ。

が、しかし。

わたしが買った本を忘れても、なにも生まれやしない。

あるいは……。

なにか生まれているのだろうか？

いろ色眼鏡

「コン、グレー、コン、グレー……」

駅の改札から吐きだされてくる人々を睨みながら、呪文のように唱えている。

「紺とグレーの服を着ています」と電話の声は言った。

上が紺で、下がグレー？　いや上がグレーだっけ？　大急ぎで周りを見渡す。わたしはといえば、「ベージュのコートを着ています」と伝えたのだった。

人の紹介で庭師と会うことになった。高木伐採の専門で、一人で木に登り、ロープを使って作業するとのことだった。

初めてだから、顔も知らない。というわけで「紺とグレー」である。それにしても、紺とグレーを着ている人の多いこと。それにベージュもやたら多い。

いくら待っても相手が現れないので、やきもきしはじめたころ、通路を隔てて直立している長身が目に入った。灰色のジャカード織のジャケットに折り目の入った紺のパンツ。手に下げているのは、小さな白い革製のトランクポーチ。胸ポケットからはピンクのハンカチがのぞいている。

長身があまりまじまじ見てくるので、こちらも見返す。いや、え？　いや、まさか？

そのまさかだった。挨拶する。名刺を受けとる。どうもどうもと言いながら、笑ってしまう。庭師、高所作業という情報から自ずとできあがっていたのは、よれよれズボンに作業着というイメージだった。

老眼の人が眼鏡をかけていることを忘れ、上からダブってかけてしまうとかいう笑い話があるが、じぶんも知らぬまに見えない眼鏡をかけていたらしい。こんなことがあって初めて、おや、かけていたのだと気づかされる。

いつだったか、住んでいた家を引っ越す段になり、毎日見馴れた窓の風景の「糸杉」と信じて疑わなかった遠いシルエットが、由緒ある教会の尖塔だったと知って驚いたことがある。限られた時間をぬって出かけて行き、そびえ立つ威容にぽっかり口をあけて、わが身の不出来を確認したのだった。

あれはまたべつの家を引き払う間際。一軒はさんで向こう側が墓地になっていることを発見して仰天した。それまで暮らしていた一年半のあいだ、漠然と空地のように思っていたのだった。

気がついて家に戻り、中から眺めてみると、塀に立てかけてある無数の卒塔婆（そとば）が見える。書斎にしていた部屋からは、なんと墓石の頭まで見えているではないか！　心底驚いた。

じぶんの目はいったいどうなっているのだろう？　糸杉と思うから糸杉に見え、空地と思うから空地に見え、結局、「知っている」ものを見ているだけという有様だろうか？

身体器官である目にしてこれだから、考えやイメージとなると、もっと勝手気ままに荒唐無稽をやらかしている可能性がある。

人間には「自動操縦」という便利なモードが備わっているので、それなりに生きてくると、たいていのことは無意識に行えてしまうというわけだ。

無意識、無自覚、おざなり……。生の基調がこんなふうになってくると、次にくるのは、無責任、無慈悲、傲慢……あたりだろうと容易に想像がつく。

それが個人を超え、集団、社会レベルに広がるとしたら、そら恐ろしい。知らぬまに誤謬（ごびゅう）がまかりとおり、そこに不安や恐怖といった感情が加われば、大きく道を外れてしまう可能性がある。

日々、じぶんのなかではたらいている自動操縦を弱める試みがあるとしたら、どんなものだろう？

たとえば、いままでやっていたことを、やっていたというだけの理由でやめてみる。あえて、ふだんの逆さまをやってみるというのも、意識的に「手動」に切り替える練習になりそうだ。

今日はべつの道を通って帰ってみようか？　はきかけた靴下を、反対の足からはいてみようか？　スマホに伸びかけたその手を引っ込めてみようか？

目の前のものにすぐさま焦点を合わせるかわりに、深呼吸して、遠くを眺めてみようか。

箒に想う

箒（ほうき）を持って横断歩道を渡る。箒を小脇にスーパーに入り、夕飯の魚や野菜をカゴにほうりこむ。

こんなことになったのは、久しぶりに会った友人から「誕生日、だいぶ過ぎちゃったけど」と渡されたからだ。

ふさふさの穂が赤い麻糸でとじられている。手箒というほどではないが、柄は比較的短い。青く染まりはじめた街の通りを、買い物袋と箒を提げて歩いていると、なんだか可笑しくなってきた。

誕生日に箒。いったいどういうつもりだろう？

箒というと、どこかしらおまじないめいて感じられるのは、「玄関に逆さに立てておくと、長居の客が帰る」という言い伝えがあるからだ。

子どものころ、じっさいにやってみたことがある。庭の繁みで張り込んでいたが、箒はうやうやしく直立し、客はながなが逗留して、日が傾いても家族のだれも気づいてくれなかった。

「新しい箒で妊婦のお腹を撫でると安産になる」という言い伝えを知ったのは、大人になってからである。「箒神（ははきがみ）」という名の産神（うぶがみ）さまがいて、産室に降臨するとき、逆さに立てられた箒を伝って降りてくるらしい。

やはり、逆さなのだ。

箒から始まって、掃き出す、払う、祓(はら)う、清める、と連想の糸はつながってゆくのだろうか。

「酒は憂いの玉箒(たまははき)」なんて諺もあったっけ……。

暑気と憂いを払うのは、やっぱりビールだな、と独りごちながら空を見あげると、雲の切れ間にきれいな夕焼け色が広がっていた。

雨あがりの夕刻、道行く人の足どりはどことなくゆったりしている。六月三十日は夏越(なごし)の大(おお)祓(はらえ)で、毎年、神社の入り口に茅(ち)の輪が設えられるのだった。左に右に三度回って四度くぐる。8の字を描いて入る茅の輪くぐりも、今年（二〇二〇年）はおそらくご法度で、遠く拝するだけになるのだろう。

十二月の年越の大祓とともに、夏越の大祓で唱えられる延喜式祝詞「大祓詞(おおはらえのことば)」が好きだった。

「……佐久那太理(さくなだり)に落ちたぎつ速川(はやかは)の瀬に坐(ま)す瀬織津比売(せおりつひめ)と云ふ神、大海原に持ち出でなむ。如此(かく)持ち出で往なば、荒塩の塩の八百道(やほぢ)の八塩道(やしほぢ)の塩の八百会(やほあひ)に坐す速開都比売(はやあきつひめ)と云ふ神、持ち可可(かか)呑みてむ。如此可可呑みてば、気吹戸(いぶきど)に坐す気吹戸主(いぶきどぬし)と云ふ神、根国底之国(ねのくにそこのくに)に気吹(いぶ)き放ちてむ。如此気吹き放ちてば、根国底之国に坐す速佐須良比売(はやさすらひめ)と云ふ神、持ち佐須良比(さすらひ)失ひてむ。……」

人間の罪、穢れを引き受けて、祓い、清めてくれる「祓戸四神」（瀬織津比売神、速開都比売神、気吹戸主神、速佐須良比売神）の、なんとこころづよいことだろう。

せおりつひめ、はやあきつひめ、いぶきどぬし、はやさすらひめ。声にだして名を呟くと、祓い、清めの力がからだに流れ、吹き抜け、広がってゆく思いがする。

根国底之国とは、あの世のこと。

この世とあの世。目に見える世界と見えない世界。

神々のはたらきがふたつの境界をかるがると超えてゆくとき、祓い、清めが成就する。

思いかえせば、この祝詞がこれほど心に染みてくる年もめずらしいかもしれない。

ひょいと水溜りをまたぐと、箒を提げた女の姿！

つれづれのもの想いも、友人からのプレゼントみたいな気がしてきた。

天幕づくり

なんとなく目が冴えて、眠りがやってこない。頭のどこかが動き続けている。ずるずるニュースをチェックしていたせいかな？　何度か寝返りをうっているうち、言葉が浮かんでくる。

「一つのドアが閉まっているとき、べつのドアは開いている」

「チャンスは作業着を着て現れる」

ベル……。それからエジソン。

発明家の言葉に思いめぐらせているうち、いよいよ目が覚めてしまった。困ったな……。眠るドアが閉まっているとき、起きるドアは開いているか。

半身を起こした。ランプを点け、ガウンを羽織る。ベッドサイドに置かれている一冊を引き寄せる。『スーフィーの物語』。

イスラムの神秘主義者スーフィーたちのあいだで、一千年余りにわたって語り継がれてきた伝承。短い小話がいっぱい入っていて、気晴らしに読むのにちょうどいい。あてずっぽうに開いた頁を読みはじめる。

今日のお話は「ファーティマと天幕」だった。ギリシャ民話として知られているものらしい。

はるか西方の街に、ファーティマという名の娘が住んでいた。紡ぎ職人である父親は、ある日、娘に言った。「お父さんの仕事で地中海の島々へ出かけることになった。もしかするとこの旅で、おまえは立派な美しい青年と出会い、その若者と結ばれるかもしれないな」

ところがクレタ島に向かう途中、船が嵐で沈没してしまった。父親は死に、ファーティマは海に投げだされ、半ば意識を失った状態でアレキサンドリア近郊の海岸に打ち上げられた。浜辺をさまよい歩いているのを機織りの一家に発見され、彼らの家で機織りの技術を学んだ彼女は、二年もするうち自分の不運をあきらめ、第二の人生を受け入れるようになった。

ところがある日、海辺に出かけたとき、奴隷商人の一団が上陸してきて、周りにいた人々と一緒に彼女をさらっていった。そしてイスタンブールの市場で、奴隷として売りに出された。

船の帆柱をつくらせる奴隷を探していた男が、不幸なファーティマの落胆ぶりを哀れに思い、妻の召使として買うことにした。ところが家に帰る航海の途中、海賊に船荷を略奪され、すべての財産を失ってしまった。人手を雇えなくなった男は、妻とファーティマの三人で帆柱をつくる労働に従事した。

自分を救ってくれた主人に感謝して、ファーティマが懸命に働くので、男は彼女を自由の身にしてやった。主人の協力者となった彼女は、三度めの人生でもそれなりの幸せをつかんだ。

ところがある日、主人が言った。「ファーティマよ、私の代理人として、ジャワへ帆柱を運んでもらいたい。必ず高く売ってきてくれよ」。出発した彼女は、岸を離れたところで、また台風に襲われ、船が難破してしまった。ふたたび見知らぬ国の海岸に打ち上げられたファーティマは、何事も予想通りに運ばず、うまくいきはじめたかと思うと、必ず何かが起きて希望が打ち砕かれてしまう自分の運命を嘆き悲しんだ——。

砂袋の中で揉みくちゃにされているようなファーティマの人生。「ところが」「しかし」という言葉が四回も登場するこのお話は、案に相違して、おしまいドミノが逆向きに倒れるみたいにハッピーエンディングになだれ込む。

どうやって？　それは、「天幕づくり」を通してだった。

地中海沿岸、アラビア、ペルシャでは、古くから柱とロープ、毛織物や亜麻布を使った突き上げ型のテントである天幕が普及し、一説には、使徒パウロも「天幕づくり」を生業にしていたという。

『ルバイヤート』で知られるペルシャの詩人オマル・ハイヤームの姓ハイヤームは「天幕づくり」の意味で、父親の職業に因(ちな)んでいるらしい。

炎天に日陰をつくり、気持ちのいい風を通す天幕は、人々の暮らしに憩いと安らぎをもたらしただろう。

不毛に見えたファーティマの人生から、奇跡的に豊かさが流れだす。開けても開けてもどこにも通じないように見えたドアが、最後にぱっとひらけた場所に連れていく。

「すべての壁はドアだ」

と言ったのは、思想家エマーソンだった。

ひとつの窓

朝、日除けが上がっている。夜、明かりが点っている。夕焼けが金色に染めている。

少女が眺めているのは、ひとつの窓だ。向かいの黄色い家の二階、左側のひとつ。

『エミリー』という絵本が好きで、もう何度も読んでいたのに、気づかなかった。

これは、窓のお話だった。バーバラ・クーニーは優しい筆致で、小さく、大きく、ほとんどすべての頁に窓を描いている。部屋から窓枠ごしに眺める黄色い家の窓、遠く外側から眺める窓辺の少女……。まるで窓と少女が、見つめ合っているようだ。

その窓の部屋に暮らしている女性のことを、町の人たちは「なぞの女性(ひと)」と呼んでいた。二十年近くも屋敷の外に出たことがなく、小がらで、いつも白い服を着て、知らない人が来るとたちまちどこかに隠れてしまうらしい。

ある日、「なぞの女性(ひと)」について訊いた少女に、父親は言う。

「詩をかいているんだそうだ」

「詩ってなあに?」と、少女は尋ねる。

父親は答える。

「ママがピアノをひいているのをきいていてごらん。おなじ曲を、なんどもなんども練習しているうちに、あるとき、ふしぎなことがおこって、その曲がいきもののように呼吸しはじめる。きいている人はぞくぞくっとする。口ではうまく説明できない、ふしぎななぞだ。それとおなじことをことばがするとき、それを詩というんだよ」

「なぞの女性（ひと）」とは、十九世紀ニューイングランドの実在の詩人エミリー・ディキンソンだった。いまではアメリカ最高の女性詩人として広く認められている彼女も、生前その詩が知られることはほとんどなかった。五十五歳で病死した後、いっしょに暮らしていた妹が、部屋から四十個の小さな手縫いの袋にしまわれた九百篇余りの詩と、包装紙の裏や新聞の欄外に走り書きされた詩片の束を発見し、初めて詩集として出版したのだった。

一軒の家の、小さな部屋の、ひとつの窓。エミリーにとって、それは生を味わい、世界の消息を知るのに十分なものだった。

文学史家のブルックス氏は書いている。

「エミリ・ディキンスンに特有の言葉、そのスタイル、その型、その形体は、完全に彼女自身のものである。ミス・ディキンスンの、「節制の饗宴」という絶え間なき主題が、彼女の価値に対する知覚を、鋭くした」

詩も、音楽と同じように、主題と変奏を繰り返す。

たとえば、こんな一篇。

水は、のどの渇きが教えてくれる。
陸地は――はるばる通ってきた海が。
歓喜は――苦痛が――
平和は――戦いの物語が――
愛は、形見の品が――
小鳥は、雪が。

エミリーは詩にタイトルをつけなかったので、すべての詩に番号がふられている。この詩、135番に続く行を自由に夢想することがゆるされるなら、どんな言葉だろう?

「世界は、窓が教えてくれる。
詩は――寒気が」?

彼女がおそらくは信頼を寄せ、幾度か手紙を書き送っていた編集者ヒギンソン氏は、一度きりの面会の際、エミリーが語った言葉を記している。
「本を読んだとき、どんな炎でも暖められないほど体全体が寒気立つとしたら、私にはそれが詩だと分かります。頭のてっぺんがすっぽり抜けるように体が感じたら、それが詩だと分かるのです。この方法が私にとってはすべてなのです。ほかに手だてがあるのでしょうか?」

本屋／眼鏡屋さん

久しぶりに本屋に入った。
閑散とした店内をそぞろ歩く。雑誌の平積み、新刊書コーナー、文庫本の棚……。
目についた本を手にとる。ぱらぱらめくる。紙の感触、匂い。見返しの色、小口の厚さ、重さ。
足にまかせてうろつく。道草を食う、草／言葉を食(は)む、つまみ食いする。
新潮文庫の棚の前で足をとめる。宮沢賢治のシリーズが何冊か。ああ、このカバーの青色は
賢治の世界にぴったりだった。何度も読むうちカバーがなくなって、いまは中身だけ本棚に差
してあったのだった。
ときどき無性にひらきたくなる本。それが『注文の多い料理店』だった。
「わたしたちは、氷砂糖をほしいくらいもたないでも、きれいにすきとおった風をたべ、桃い
ろのうつくしい朝の日光をのむことができます」
そらで覚えてしまった序文。
「これらのわたくしのおはなしは、みんな林や野はらや鉄道線路やらで、虹や月あかりからも
らってきたのです。
ほんとうに、かしわばやしの青い夕方を、ひとりで通りかかったり、十一月の山の風のなか

に、ふるえながら立ったりしますと、もうどうしてもこんな気がしてしかたないのです」

　これを書いている賢治の横に、ふとじぶんが立っているのを発見する。大正十二年十二月二十日……。そして頁を繰るうち、賢治の目をとおして世界を眺めている。


　そう、本屋は、眼鏡屋だった。

　色も形も機能もさまざまな眼鏡をかけたり外したりする。

　賢治の眼鏡は、なんと不思議なのだろう？　モノがモノになる前の世界、未生（みしょう）の世界が見えてくる。

　豆乳を固めると豆腐に、豆腐を干すと凍り豆腐になる。わたしたちはいわば凍り豆腐の世界に棲んでいるが、どうかした加減で、世界は豆腐または豆乳に還元され得るのだ。賢治はじっさい、還元／逆行の術を身につけていて、そうして見えてきた豆乳の世界をただ描写していたのだろう。

　豆乳の世界、未生の世界を、わたしたちは既にどこかで知っているので、賢治の文章を読むと、「ほんとうにもう、どうしてもこんなことがあるようでしかたない」と思えてくるのだろう。

　歩を進めて、同じ新潮文庫の外国文学の棚をぼんやり眺める。サン＝テグジュペリの『人間の土地』を見つける。

「ぼくら人間について、大地が、万巻の書より多くを教える」という文章から始まる一冊。

サン＝テグジュペリの眼鏡の、なんとみずみずしく柔らかいことだろう。サハラ砂漠の真ん中に不時着し、水も食物もなく、三日間つぎつぎ現れてくる蜃気楼に翻弄されながら歩き続け、奇跡的に遊牧民に助けられた経験を描いた文章は、驚きと発見に満ちている。
限りなく死に近づいてなお、サン＝テグジュペリは砂山の巣穴に棲むフェネックの気配に耳を澄ませているじぶんを発見する。
「ぼくは彼に言う、〈ぼくの小さい狐よ、ぼくは今度はさんざんだ、だが不思議なことには、こんなひどい目に遭ったことも、きみの生き方に、関心をもつ妨げにならなかった……〉」

家に帰って、じぶんの本棚から変色した文庫本『人間の土地』を取りだした。ぺらぺらめくり、指をとめた。クローバーが挟まれている。長い茎ごと干涸びて褐色になっている。葉っぱを数えると、四枚あった！

いったい何歳のじぶんの仕業だろう？　そんなものを挟んだ記憶はまったくなかったが、タイムカプセルを開いたみたいだった。

クローバーが挟まれていたのは、七章の最後。こんな文章の上だった。
「ぼくらを救ってくれたきみ、リビアの遊牧民よ、（中略）ぼくの目に、きみは気高さと親切に満ちあふれて映る、水を与える力をもった王者よ、あらゆるぼくの友が、あらゆるぼくの敵が、きみを通ってぼくの方へ向ってくる、ためにぼくには、もはや一人の敵もこの世界に存在しなくなる」

君は待っている

それが誰で、その誰かはどんな人で、どんな仕事をしてきて、世間からどんなふうに評価されているか？

なんてことが、ページを繰りはじめる前からわかっている必要があるだろうか？

まったくもって知らない人。

その言葉は、天使の囁きか、悪魔の呟きか？　いや、それ以前のゴミくずかもしれない。

宝石でも塵芥（ちりあくた）でもあり得るとは、なんたる自由、なんたる可能性だろう？

その日、街の本屋の文庫本の棚に差さっていた一冊は、そういう空気を漂わせてわたしを待っていた。

表紙には、陰気なオヤジの顔。

『プレヴェール詩集』と書かれている。リルケ、ボードレール、タゴール、ホイットマンみたいに名前の後ろにただ「詩集」と続けられるのだから、有名な詩人にちがいない。

しかし、無知なわたしは知らなかった。

「ジャック・プレヴェール。映画〝天井桟敷の人々〟の脚本家で、シャンソン〝枯葉〟の作詞家でもある」なんて説明を読むまでは、なにも浮かばなかった。

とくに詩という気分でもなかったが、手にした本をレジに持って行った。
電車に乗り、ドアにもたれ、揺られながら読みはじめた。
ひらいたページに書かれた、五行だけのこんな詩。

恋のとかげが
また逃げた
ぼくの指に尻尾をのこして
ざまあみろ
ぼくは飼ってやるつもりだったのに。

虚をつかれる。
べつのページ。
「祭」と題された詩。

おふくろの水があふれるなかで
ぼくは冬に生まれた
一月の或る夜のこと
数カ月前の

春のさなか
ぼくの両親(ふたおや)のあいだに
花火があがった
それはいのちの太陽で
ぼくはもう内部(なか)にいたのだ
両親はぼくの体に血をそそいだ
それは泉の酒だった
酒蔵の酒ではない
ぼくもいつの日か
両親とおなじく去るだろう。

窓の外を風景が流れてゆく。鉄塔、プール、教習場、ホテル、交差点……。花火とともに生を得て、いつか去る人たちが流れてゆく。急ぎ足で、杖をついて、ちょこちょこ歩きで。

ここにある言葉は、水ではなく、酒だ。宇宙の暗闇の、孤独な魂の樽から汲みだされた蒸留酒。生きていることそのものの酩酊を思いださせる。

わたしはまたあてずっぽうにページを繰り、ひとつ、ふたつと読みついだ。

いのちはサクランボ
死はその核(たね)
恋はサクランボの親の木。

ぱたんと本を閉じ、表紙に目を落とした。オヤジの写真をぎゅっと撓(たわ)めた。

こんなことがあるから、本屋をぶらつくのはやめられないな、と思う。

だって、君は待っているのだ。

いつでも、どこでも、いま通りかかるだれかにサプライズをもたらすことにわくわくして。

あやしい草むら

昼下がり、ピクニックテーブルにちょうどいい日陰ができている。入れたばかりの紅茶をもって庭に出る。

腰を下ろすと、待ってましたとばかり、小さな虫が飛びまわりはじめた。目にまとわりつくから、うっとうしくてかなわない。クロメマトイ。言い得て妙の命名である。

まばたきする。手をふりまわす。お茶どころではない忙しさ。投げやり半分、マグカップを目の下にあてがった。

と、効果絶大。ぴたりと襲撃がやんだ。

しめしめ、やつらは湯気が嫌いなのだ。余裕の笑みとともにカップを捧げ持つ。

ハハコグサ、イワニガナ、カラスノエンドウ、ウマゴヤシ、カキドオシ、ホタルブクロ……。そこここに愛らしい草むらができている。雑草だからと抜いてしまったら、なんとも味気ない庭になるだろう。

子どものころから、光っている草むらが好きだった。

草むらに呼ばれる。草むらの輝き、ゆらぎ、完全さにぼうっとなる。草むらを通して永遠の世界にすべりこむのだ。

そんなときふっと、あやしい草むらが見えてくる。あやしい、としか言いようがない。なにかしらぷんぷん匂ってくるが、それがなにかはわからない。

『ピーター・パン』のなかに、妖精の魔法を見やぶる方法が書かれていた。

「あなたがたが見ていないと思うと、妖精たちはかなり活潑に飛びまわりますが、あなたがたが見てて、かくれる暇がないときには、じっと静かに立って、花のふりをしています」

ジェームズ・バリーはこう書いたあと、花に化けている妖精を確かめる「うまい計略」を打ち明ける。

そのひとつは「むこうを向いて歩き、それから急にくるりと振りむいて見ること」で、もうひとつは「じろじろそれを睨みつけることとです」。

「長い間そうしているうちに、妖精は、まばたきせずにはいられなくなります」

手のなかのカップを一口すすっては、目の下に。またすすっては目の下に。湯気の向こうの草むらに目を凝らしていると、おかしな思いがやってくる。

世界じゅうの光っている草むらはつながっていて、時間と空間を超える出入り口(ポータル)みたいなはたらきをしているのではないか?

いまこの瞬間、同じように草むらを睨んでいるだれかがいる? それは、まったくべつの時代の、べつの場所の、べつの人物で……。もしかして、バリーその人だったり⁇

草むらのことで、彼がもうひとつ記していたのは、草地に残っている輪の話だった。踊り好きの妖精たちがぐるぐる回っているうちにできた、舞踏会の跡であるらしい。

「その輪の中に茸のあることがありますが、これは妖精の椅子で、召使が片づけるのを忘れたのです。この椅子と輪とだけが、これらの小人が後に残してゆく隠しきれないしるしなのです」

そんな文章をぼんやり思いだしていると、またあの虫たちが戻ってきて、目の前を飛びまわりはじめた。

まばたきする。手をふりまわす。忙しすぎて、草むらどころではなくなった。

さては、このクロメマトイ、妖精たちが目くらましによこした傭兵か？　目だけを集中的に狙ってくる戦法、いかにもあやしい。

手のなかのカップに目を落とすと、紅茶はあらかた飲み干され、湯気の魔法は消え去っていた。

風が吹いている——あとがきにかえて

息子が二十五歳になった朝、わたしは言った。

「あっという間だったでしょ？」

相手は、「何が？」と言う。

「いやっ、そんなふうでもなかったよ」

怪訝な顔つきをしている。

ははあ、最初の二十五年は、わたしもそんなふうだった。いちばんゆっくり進む四半世紀だ。

二番めの四半世紀は倍の速さになり、三番めは三倍になる。

そんなことはゆめ思わず、目の前で悠然と目玉焼きを食っている男が、五歳だったころ。

朝ベッドから寝ぼけまなこで脱けだしてきて、顔を近づけて言った。

「おかあさん、風が吹いてるよ」

え？

「ちがう。生きてるよ」

なんて変てこな言い違えだろう。

耳を澄ましたが、風の音は聞こえなかった。

「生きている」

「風が吹いている」

このふたつを並べてみたことはなかったが、いっしょに感じてみると、近しい兄弟のように思われた。

風は、いまここに吹く。

生は、いまここに展開する。

この瞬間、わたしたちに触れた風は、いちばん最後に過ぎ去ったもの、そしていちばん最初にやって来るものだ。

風は、最後と最初からできている。オメガであると同時にアルファである。

それはそのまま、生のあり方だ。


とはいえ、わたしたちがいまここにいることは、めったにない。

思考という乗りものに乗り込んで、たいてい過去か未来に出かけているのだ。「不在です」と書かれた札があれば、首から掛けておくのが親切かもしれない。

そして目に見えている物から見えている物へ、せわしなく飛び移り、活動し、行動すること（Doing）が、すなわち人生になっていく。

風はいつも、いまこの瞬間も吹いているが、気づかない。

生きていること（Being）は、そうしてたやすくわたしたちの視界から外れてゆく。

「過去、現在、未来というような区別は、頑固で執拗な幻想以外のなにものでもない」

とアインシュタインは言った。

わたしたちは、「時間」という幻想の野原で遊んでいるのだろうか?

野原にしゃがんでなにかに夢中になっていた子どもが、ふとわれに返る。立ちあがる。

風が吹いてくる。


Doingが横軸、Beingが縦軸だとすれば……

わたしたちのほんとうの場所は、横軸でも、縦軸でもなく、それらが交差するところではないだろうか?

わたしたちは、いまここに戻ってくる。あるいは、ふいに投げ返される。

それは、どんなときだろう?

驚いたとき。

笑ったとき。

没頭しているとき。

目を凝らしているとき。

耳を澄ませているとき。

一杯のお茶をいただくとき……。

この本は、二〇一八年四月〜二〇二〇年九月「共同通信加盟社の有料ウェブサイト」で連載されたものに、加筆、修正したものである。

東京で、八ヶ岳で、四季をとおして日々の暮らしのなかで書きつづってきた。

画家・前田昌良さんのアトリエの窓が、本の表紙を飾ってくれたことは、なによりの喜びだ。

高い天井と絵具の匂い。さまざまな素材や色が無造作に場所を占めている混沌のなかから、光るもの、不思議なもの、忘れがたいものが生まれてくる……。やわらかく、深い、子宮のような空間の端っこの、窓のそばにたたずんで、ぼんやり心を飛ばしているのは至福だった。

あのアトリエからやってきたおもちゃたちが、いくつか本のなかにまぎれ込んでいる。「この世あそび」の仲間として、いっしょに愉しんでもらえたらありがたい。

前田さんは、じつは本文の「素早さから生まれる」のなかで「画家の友人」として登場している。ほんとうは、友人というより先輩だ。県立神戸高校の三年上で、偶然わかったときは、懐かしい街、人々の思い出話に花がひらいた。

最後に、これらエッセイを書く機会を与えてくださった共同通信の松本泰樹さん、そして一冊の本にまとめてくださった平凡社の三沢秀次さんに、心からの感謝を伝えたいと思う。

二〇二二年五月　風薫る日

徳井　いつこ

ブックリスト

湯気からはじまる　『ハリー・ポッターとアズカバンの囚人』　J・K・ローリング　松岡祐子訳　静山社　二〇〇一年

立ちのぼるひと　『中国名茶館』　左能典代　高橋書店　二〇〇〇年

眠る前に　『完訳アンデルセン童話集2』　ハンス・クリスチャン・アンデルセン　大畑末吉訳　岩波文庫　一九八四年

『香りの扉、草の椅子――ハーブショップの四季と暮らし』　萩尾エリ子　扶桑社　二〇一九年

緑の想い　『キーツ詩集』「眠りと詩」　中村健二訳　岩波文庫　二〇一六年

知る前の町　『ダンシング・イン・ザ・ライト』　シャーリー・マクレーン　山川紘矢・山川亜希子訳　角川文庫　一九九九年

旅の窓から　『水と水とが出会うところ』「読書」　レイモンド・カーヴァー　村上春樹訳　中央公論新社　二〇〇七年

風に吹かれるポルチェリーノ　『完訳アンデルセン童話集2』（前出）

レモンタイム　『ゴッホの手紙中テオドル宛』　ヴィンセント・ヴァン・ゴッホ　硲伊之助訳　岩波文庫　一九六一年

ハムの年、辛子の年　映画「サンドイッチの年」　一九八八年製作／フランス　監督：ピエール・ブートロン

鏡はね……　映画「鏡」　一九七五年製作／ソビエト連邦　監督：アンドレイ・タルコフスキー

あのころの風邪　『世間知ラズ』「ぼくは風邪をひいて」　谷川俊太郎　思潮社　一九九三年

窓に顔をつけて　『ソール・ライターのすべて』　ソール・ライター　青幻舎　二〇一七年

花を束ねる　『庭仕事の愉しみ』　ヘルマン・ヘッセ　岡田朝雄訳　草思社文庫　二〇一一年
レンズ雲　映画「フォレスト・ガンプ／一期一会」　一九九四年製作／アメリカ　監督：ロバート・ゼメキス
『雲』「ある時」　山村暮鳥　イデア書院　一九二五年（『現代日本文學大系41』筑摩書房　一九七二年所収）
とうすみ蜻蛉　『小野十三郎詩集　現代詩文庫』「葦の地方」　思潮社　一九八〇年
たくさんの白　『北原白秋詩集（下）』「白」　安藤元雄編　岩波文庫　二〇〇七年
『小川未明童話集』「牛女」　ハルキ文庫　二〇一三年
わからない　『新編 銀河鉄道の夜』　宮沢賢治　新潮文庫　一九八九年
『次郎物語（上）』　下村湖人　新潮文庫　一九八七年
くさぐさの草　『マザーグースの絵本1――だんだん馬鹿になってゆく』　ケイト・グリーナウェイ　岸田理生訳
新書館　一九七六年
かくし味の妙　『ちいさなちいさな王様』　ミヒャエル・ゾーヴァ絵　アクセル・ハッケ文　那須田淳・木本栄訳
講談社　一九九六年
ネコの国の人？　『ライオンと魔女――ナルニア国ものがたり1』　C・S・ルイス　瀬田貞二訳　岩波少年文庫
二〇〇〇年
映画「ナルニア国物語　第1章：ライオンと魔女」　二〇〇五年製作／アメリカ
監督：アンドリュー・アダムソン
むしろ鳥　『パウル・クレー』　フェリックス・クレー編著　矢内原伊作・土肥美夫共訳　みすず書房
一九九七年
素早さから生まれる　『ブラッドベリがやってくる』　レイ・ブラッドベリ　小川高義訳　晶文社　一九九六年
オーギーの四千日　映画「スモーク」　一九九五年製作／アメリカ・日本合作　監督：ウェイン・ワン
『柴田元幸ハイブ・リット』「オーギー・レンのクリスマス・ストーリー」　ポール・オースター

柴田元幸編訳　アルク　二〇〇八年
天幕づくり　『スーフィーの物語――ダルヴィーシュの伝承』　イドリース・シャー編著　美沢真之助訳
平河出版社　一九九六年
ひとつの窓　『エミリー』　バーバラ・クーニー絵　マイケル・ビダード文　掛川恭子訳　ほるぷ出版
一九九三年
『対訳ディキンソン詩集アメリカ詩人選（3）』　亀井俊介編　岩波文庫　一九九八年
『ディキンスン詩集』　新倉俊一訳編　思潮社　一九九三年
『エミリ・ディキンスン家のネズミ』　エリザベス・スパイアーズ　長田弘訳　みすず書房　二〇〇七年
本屋／眼鏡屋さん　『注文の多い料理店』　宮沢賢治　新潮文庫　一九九〇年
『人間の土地』　サン＝テグジュペリ　堀口大學訳　新潮文庫　一九五五年
君は待っている　『プレヴェール詩集』　小笠原豊樹訳　岩波文庫　二〇一七年
あやしい草むら　『ピーター・パン』　ジェームズ・バリー　本多顕彰訳　新潮文庫　一九五三年
風が吹いている　『世の中ががらりと変わって見える物理の本』　カルロ・ロヴェッリ　竹内薫監訳　関口英子訳
河出書房新社　二〇一五年

初出

本書は二〇一八年四月から二〇二〇年九月まで、共同通信加盟社の有料ウェブサイトで連載した「紅茶一杯ぶんの言葉」（全六十四話）から六十三話を収録しました。収録にあたって加筆修正しました。「風が吹いている」は書きおろしです。

［著者紹介］**徳井いつこ**（とくい いつこ）

1960年生まれ。神戸市出身。同志社大学文学部卒業。編集者をへて
執筆活動にはいる。アメリカ、イギリスで7年暮らす。
手仕事や暮らしの美、本や映画、食べもの、異なる文化の人々の物語など、
エッセイ、紀行文の分野で活躍。自然を愛し、旅することを喜びとする。
著書に『スピリットの器――プエブロ・インディアンの大地から』（地湧社）、
『ミステリーストーン』（筑摩書房）、『インディアンの夢のあと――北米大陸に
神話と遺跡を訪ねて』（平凡社新書）、『アメリカのおいしい食卓』（平凡社）がある。

［写真提供］**前田昌良**

口絵「ちいさな旅人」「アマリリスの花」 表紙「ちいさな形の連なり」
カバー：表「朝のアトリエ」 裏「ある日の象」

この世あそび　紅茶一杯ぶんの言葉

発行日　2022年6月22日　初版第1刷

著　者：徳井いつこ
発行者：下中美都
発行所：株式会社平凡社
〒101-0051 東京都千代田区神田神保町3-29
電話　03-3230-6593（編集） 03-3230-6573（営業）
ホームページ https://www.heibonsha.co.jp/
装　幀：稲田雅之
組　版：寺本敏子／秋耕社
印刷所：藤原印刷株式会社
製本所：大口製本印刷株式会社

ISBN 978-4-582-83900-5